JN304863

アレクサンドル=デュマ

アレクサンドル=デュマ

・人と思想

辻　　　昶
稲垣　直樹　著

139

CenturyBooks　清水書院

まえがき

アレクサンドル＝デュマ Alexandre Dumas といえば、誰もが、ああ、あれか、と思いうかべるのが、『三銃士』と『モンテ＝クリスト伯爵』（『巌窟王』）。欧米諸国どころか、少年少女向けダイジェスト版まで加えれば、世界数十か国はゆうに越える国語あるいは方言に翻訳され、文字通り、世界中の人々が一五〇年以上にわたって読みついでいる、人類史上屈指の、ロングセラー中のロングセラー、ベストセラー中のベストセラーである。と言っただけで済めば、事は簡単だが、これだけの、ある意味で、普遍性をもった作品を書くことができるというのは、並大抵のことではないのであって、したがって、作者も並大抵の人物ではないということを考える必要がある。

アレクサンドル＝デュマというと、文学史上には同姓同名が二人いて、二人は親子で、父親のほうは「父」、子供のほうは「息子」というフランス語の単語を姓のあとにつけて、それぞれ、デュマ＝ペール、デュマ＝フィスと呼びならわし、私たちは区別している。この本で扱うのは、もっぱら、『三銃士』や『モンテ＝クリスト伯爵』の作者である父親のほう、すなわち、デュマ＝ペールのほうである。

アレクサンドル＝デュマ（これから先、特記する場合を除いて、このように言ったら、もっぱら父親をさすことにする）は一八〇二年に生まれて、一八七〇年に亡くなった。この間、とくに小説については有能なアシスタントを得てではあったが、四〇〇字詰原稿用紙数千枚の長編小説を数十編、中編小説を一五〇編以上、戯曲を九一編、回想録を三〇巻、紀行文を一九巻（一生のあいだに出版した本の数はなんと合計六〇〇冊近い！）おまけに、長大な料理事典までものし、ヨーロッパ狭しとくまなく旅行し、八種類の新聞・雑誌を創刊・編集した。また、おおっぴらに連れ歩いただけでも、三四人の愛人を擁し（同時進行で関係を結んだ相手が三人以上ということもある）、認知した子供は二人で、認知はしないが実の子と分かっているのは二人だけと、いたって控え目であるにしても、このほかに、「まあ、おれの知らないところで、一〇〇人はゆうに子供ができているだろう」とデュマは生前、豪語してはばからなかったという（ジャン゠ド゠ラマーズ『アレクサンドル゠デュマ』）。

こんなわけだから、豪傑、いや、人間の能力をはるかに超えた超人、巨人のたぐいを頭に描いてみなければならないのだが、その反面、デュマは、意外に、私たち現代人に近いところがある。

まずもって、作家としての彼は、現代の流行作家、大衆作家の走りなのだ。まったく無名の「普通の人」が、その作品が商品として大量に流通することで（平たくいえば、「当たる」ことで）、一夜にして、巨万の富と、飛ぶ鳥を落とす勢いの名声を獲得する。そういう「知」の錬金術を可能にする、「知」の資本主義が確立したのがまさにデュマの時代であり、デュマはそうした「知」の資本主義をいちはやく実践して、その揺るぎないチャンピオンの地位に登りつめた人なのだ。

イギリスに遅れること五、六〇年、一八三〇年代になって、フランスでは産業革命が進行するが、ちょうど、そのころ、折から成長期にあったジャーナリズムが、新聞の発行部数を伸ばすために案出したのが連載小説。波瀾万丈の物語を、連載の一回一回がちょっとした山場になるように按配し、連載一回分の終わりには必ず未解決の謎とか未完了のプロットを残し、さあ、次回のお楽しみ、といった具合に読者を繋ぎとめる。もうちょっとで今夜、寝つきがいいのに！　というところで、容赦なく「つづく」とテロップを入れて気をもたせる、そういう、テレビの連続ドラマのやり方は、まさにこの手法に源を発しているのだ。これを発明したのが、一九世紀フランスの新聞王エミール＝ド＝ジラルダンで、彼が一八三六年「プレス」紙を創刊したときのアイディアだったといわれている（実際の小説の新聞連載は、同じ年に創刊された「シエークル」紙に三週間ばかり先を越された）。「プレス」紙や「シエークル」紙に倣って、当時のおもだった新聞がこのアイディアを取りいれ、あっという間に、われもわれもと連載小説を始めた。その効果たるや、絶大で、例えば、一八四四年六月から一年にわたって、ウジェーヌ＝シューの小説『さまよえるユダヤ人』を連載した「コンスチチュシヨネル」紙などは、発行部数を一挙に三〇〇〇部から四万部に、つまり、なんと一〇倍以上に伸ばしたという。一八三八年、「シエークル」紙に、デュマは『ポール船長』を連載するが、この連載だけで「シエークル」紙の購読者は一万人は増えたとされている。

これほど売れたのだから、新聞連載小説の作者の懐にも、信じられない金額がころがりこんだ。『さまよえるユダヤ人』一作でウジェーヌ＝シューは一〇万フラン（いまの日本円に換算すると一億二〇〇〇万円見当）を稼ぎ、デュマは、年間一万行の原稿と引き替えに、「シエークル」紙から、驚くなかれ、一五万フラン（一億八〇〇〇万円見当）もの支払いを受けた（マックス＝ミルネール『ロマンチスムⅠ　一八二〇〜一八四三』）。現代日本、流行作家の長者番付でも、難なく上位に食いこむ高収入だ。

よく、日本では、歌手やタレントや「文化人」の、豪華絢爛の度を超した新築家屋を、テレビが「豪邸拝見」などと称してこれみよがしに放映し、レポーターが「すごい、で、す、ねぇー！ すごい、で、す、ねぇー！」を連発しながら、庶民の劣等感と羨望をそそるが、デュマもそういう「文化人」のさきがけをりっぱに務めた一人だ。原稿料、印税を惜しげもなく注ぎこんで、並はずれた豪邸をパリ近郊のサン＝ジェルマン＝アン＝レーに建設した。その名も、ずばり、「モンテ＝クリスト」。しかも、成金趣味とはいえ、少なくとも、日本の三島由紀夫のロココ風豪邸ほどには趣味のよい建築だった。

現代日本でも地方に行くと、歌手某の生家だとかなんとか言って、観光バスが前に止まることがあるが――しかし、さすがに最近は、政治家某の家、というのは、いかに豪邸でも見向きもされなくなったが――、デュマの家も、新居の建設前から近郷近在の注目の的となった。

すでにパリとサン＝ジェルマン＝アン＝レーのあいだには鉄道が開通していて、日本でいえば地鎮祭のような機会に招かれてやってきたデュマの友人が、サン＝ジェルマン＝アン＝レーの駅で降りて、冗談半分に、辻馬車（いまでいえば、タクシー）の御者に、

「モンテ＝クリスト伯爵のところまでやってくれ」と言ったところ、

「へぇ、承知しました。」

　ごく自然に返事が返ってきたという。一八四五年七月のことだ。

　前年の一八四四年からこの年にかけて「デバ」紙に連載された『モンテークリスト伯爵』が爆発的な人気を博していた。『モンテークリスト伯爵』の名前と作者のデュマの名前は、知らない者がないといっても過言ではなかった。

　友人から話をきいたデュマは、わが意を得たりと、

「それでは、新築の城館の名前は『モンテークリスト』にすることにしよう。」

　城館「モンテークリスト」の建設自体、小説『モンテークリスト伯爵』に負うところが大きかった。『モンテークリスト伯爵』をはじめとする作品から得た収入をデュマは、それこそ湯水のごとく城館の建設に注ぎこんだ。建築費は膨れに膨れ、土地代金を含まない純粋に城館の建設費だけで、四〇万フラン（五億円見当）を超えた。一八四七年七月、六〇〇人もの招待客を一堂に集め、城館の完成を祝ったのも束の間、「バブル」がはじけてデュマは借金の返済に追われ、一八四九年、「モンテークリスト」は競売にかけられた。これを、ジャックーアントワーヌードワイヤンなる人物が、なんと、建築費の一〇分の一にも足りない、三〇一〇〇フラン（四〇〇〇万円弱）で落札した。デュマの趣味が強すぎて、誰もこんな城館に住む気はしなかったということなのだろう。現在でもこの城館は大切に保存され、訪ねて往時をしのぶよすがとすることができる。

　宵越しの金は持たないというのは江戸っ子の心意気だが、作家として儲けたお金の大半をデュマ

は、荒唐無稽《こうとうむけい》な新居の建設のほかに、酒に、女に、そして、美食にと、惜しげもなく使いはたした。デュマのグルメぶりたるや、けっして生半可なものではなかった。ビヤ樽のような体軀に変貌するのも辞さず、うまいものはなんでも大量に頬張っただけでなく、あくなき料理探求が嵩《こう》じて、みずから包丁を握るようにもなった。のみならず、料理の基本は材料にあるとばかりに、材料調達法までもみずから進んで探求した。

例えば、珍味中の珍味、アオウミガメのシチュー。デュマが執筆した『料理大事典』のなかでは、微に入り細をうがったレシピの前に、体重三〇キロないし四〇キロのアオウミガメをどうやって捕獲し、どうやって殺し、甲羅をどうやって剝ぐか、といった説明が実にいきいきと延々と続いている。

妥協を知らない近代人。デュマを一言で表現すれば、こんなことになるのだろう。一八世紀末のフランス革命を契機として到来した、自由と、個人主義と、資本主義（それに、「知」の基本構造では、博物学に替わる生物学的発想）をベースとする近代社会。この大きな時代の枠組み（「知」の構造に着目すれば、エピステーメー）に、私たちの現代社会も包括されるのだが、二〇世紀末の現代は、一九世紀以来のいわゆる近代が、巨大な光芒をあとに残して消え去ろうとしている末期ということもできる。

いま、現代の視点から、近代がもっとも近代らしかった一九世紀フランスの枠のなかで、近代人がもっとも近代人らしく発現したアレクサンドル＝デュマという人物をとらえなおす。このような作業は、近代の終焉を的確に予測する手がかりとなるとともに、二一世紀を支配するはずの、きたるべき新しいエピステーメーの予感に、きっと私たちをおののかすことになるだろう。

デュマは遠くて近い、私たちの似姿なのだ。

さあ、失われたデュマの姿を求めて、ともに過去の世界に旅立つことにしよう。

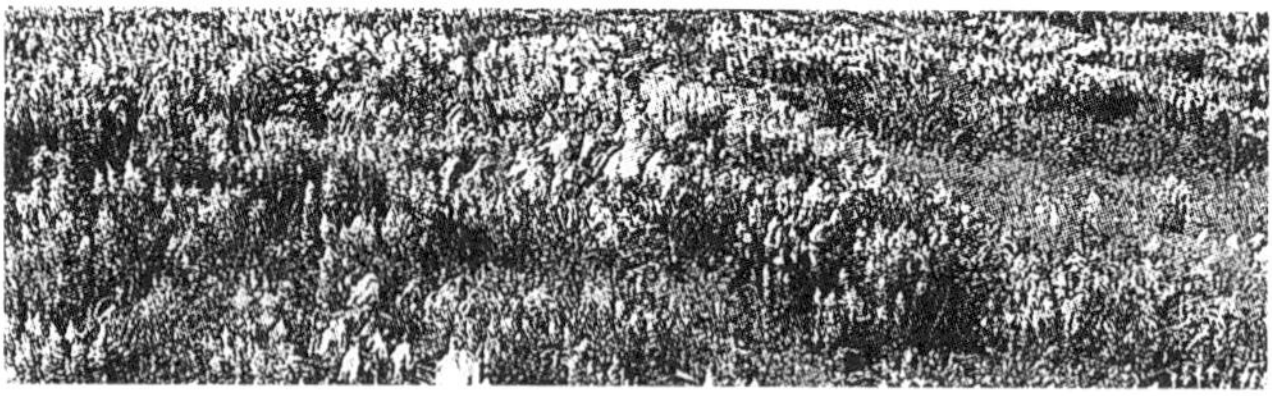

目次

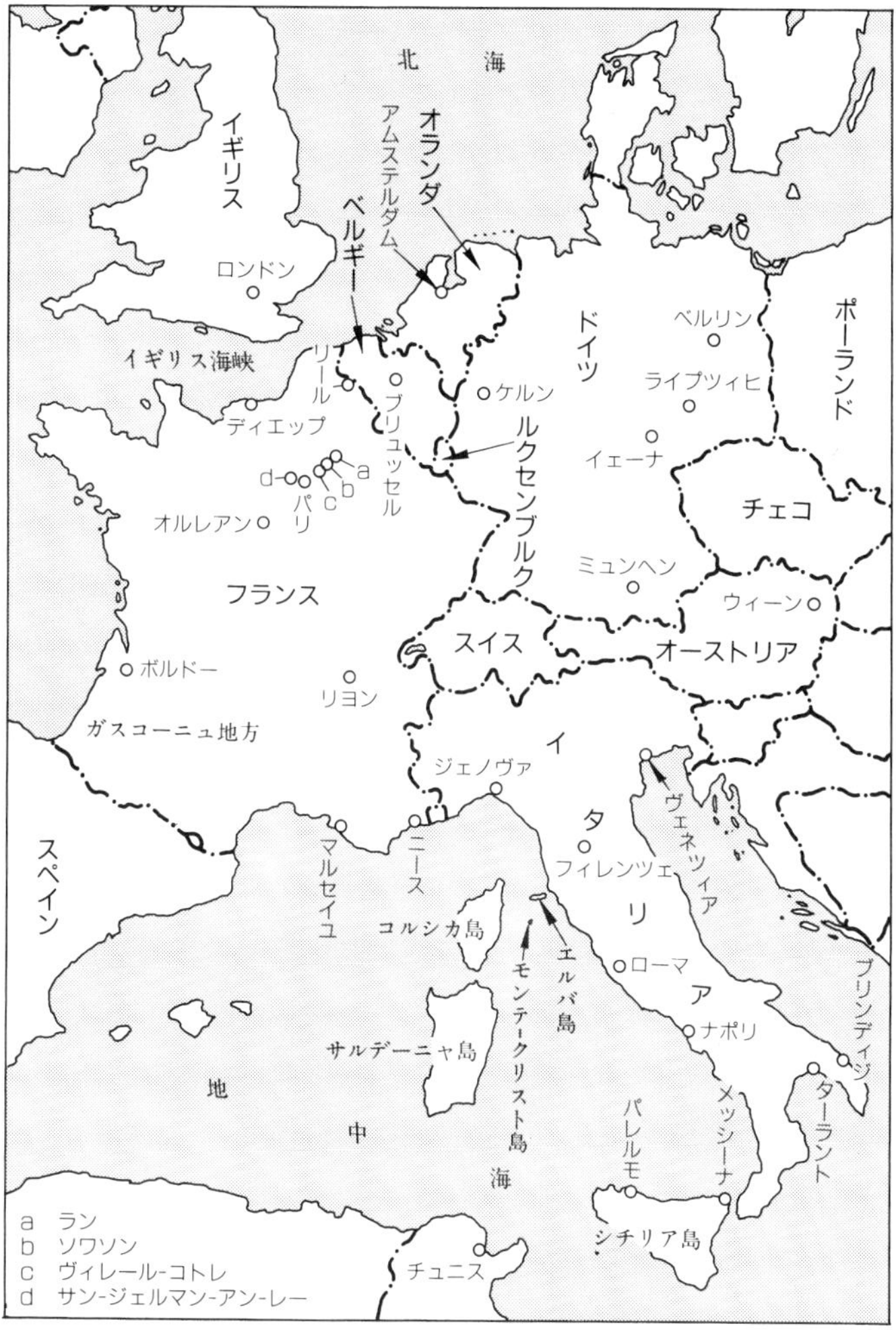

アレクサンドル＝デュマ関連地図

I　デュマ文学誕生の秘密

混血の貴族

「自伝」の魔に魅入られて

デュマはどんな人間か？　どのようなことをしたのか？　デュマの人生を考えるうえでポイントとなるのは、あのとき私はこれこれこういうことをしたのですよ、こういうふうに感じたのですよ、とデュマ自身がマニヤックなまでに克明に書き残していることだ。自分自身の歩いてきた道がそのまま自分の時代の歴史になる。そう確信して、自分自身の人生を詳細に記録する。デュマと同じ時代に生きた人たちは多かれ少なかれ、このような「自伝」の魔に魅入られていた。シャトーブリアンは死後出版を念頭において『墓の彼方の回想』（一八四九〜五〇）を書き、ヴィクトル＝ユゴーは『言行録』（一八七五〜七六）とか『見聞録』（第一集一八八七、第二集一八九九）とかいうタイトルでまとめられる、自身の行動と時代の証言を書きつづけた。

デュマはといえば、一八五一年一二月から一八五三年一〇月まで「プレス」紙に、一八五三年一一月から一八五五年五月まで、自分の新聞「ムスクテール」（「銃士」の意味）紙に、いずれも連載小説ならぬ「連載自伝」の形で、『回想録』を発表した。これを、カドーという出版社から、まず、『私の回想録』と題して全二二巻（一八五二〜五四）で出版し、その続きを、同じカドー社から『一八三〇年から一八四二年の思い出』と題して全八巻（一八五四〜五五）で出版した。合計なんと三

○巻におよぶという、驚くべき長さだった。

デュマの特徴として面白いのは、あのときのことは、世の中で言われているのとは正反対で、実はこういうことなのです、という具合に、「事実」とか「真実」を語ると称して（あるいは、自分では「事実」とか「真実」を語ると信じこんで）、自分自身の人生を執拗に正当化することだ。それをするのに、さまざまな客観的事実や証拠のたぐいをこれでもかこれでもかと言わんばかりにデュマは繰りだす。こうした正当化を日に透かして見ると、デュマが自分で自分のどういうイメージを作りだし、読者や自分自身に信じこませようとしていたかが浮かびあがってくるわけだ。

「血の伝統」の証明書

デュマは一八〇二年七月二四日に生まれたが、デュマの『回想録』はデュマの誕生の記述から始まる。『回想録』の書き出しとして、これではまったくありきたりだが、少しばかりありきたりでないのが、つぎのような点だ。――私の苗字で「デュマ」のあとに続く貴族名前のことをインチキだと言う人がいるが、この貴族名前は正真正銘、それが証拠に、私の戸籍を転記してお目にかけましょう――とデュマは勢いこんで、戸籍をそのまま、『回想録』の第一ページに掲げているのだ。

フランス共和国暦一〇年テルミドール月五日。

アレクサンドル＝デュマ＝ダヴィ＝ド＝ラ＝パイユトリーの出生記録。同日、午前五時三〇分出生。サン＝ドマング島ジェレミー生まれで、ヴィレール＝コトレに在住する、陸軍中将トマ＝アレクサンドル＝デュマ＝ダヴィ＝ド＝ラ＝パイユトリーを父親とし、同人の妻である、上記ヴィレール＝コトレ生まれの、マリ＝ルイーズ＝エリザベート＝ラブーレを母親とする。男子と確認される。（……）

この戸籍は、デュマの正式名が「アレクサンドル＝デュマ＝ダヴィ＝ド＝ラ＝パイユトリー」であることを示している。苗字に「ド」が含まれると、貴族名前である証拠になる。それをデュマはこのようにわざわざ掲げているわけだ。それに、『回想録』の後代の版の注釈によれば、出生時の記録では単に「アレクサンドル＝デュマ」となっていた戸籍の欄外に、一八一三年、民事裁判所の判決により「アレクサンドル＝デュマ＝ダヴィ＝ド＝ラ＝パイユトリー」と更正されたことが加筆されているそうだが、このことは伏せておいて、デュマは出生時点から、「アレクサンドル＝デュマ＝ダヴィ＝ド＝ラ＝パイユトリー」という貴族名前であったかのように装っている。

デュマは、これほど貴族名前に執着しているわけだが、この執着は、いったいどういうことなのだろうか？

なにも、うちのご先祖さまは貴族だなどと言って、威張ろうというのではない。デュマの場合はもっと切実で、大げさにいえば、自己の存在そのものに関わる問題なのだ。

デュマの血に、四分の一、黒人の血が混じっていることは、知る人ぞ知る。それがデュマの人並みはずれたエネルギーの源になっているのは想像にかたくないのだが、反面、その分だけ、デュマは、自分がフランスの文化から遠いように感じ、自分の存在がフランスの伝統に根ざしている確信を得ようとした。貴族名前はデュマにこうした「血の伝統」を保証する証明書だったといえるのだ。

デュマの血には、四分の一、黒人の血が混じっている、と書いたが、これはいったいどういう経緯によるのか？　つぎにこの点を見てみよう。

新天地の夢と挫折

時は、一七六〇年にさかのぼる。侯爵を名乗る、一人のフランス人貴族が自分の領地を処分して、大西洋を渡った。ルイ一五世麾下の砲兵隊で連隊長まで勤めあげ、歳はすでに五〇歳近くに達していた。精糖工場の工場長であり、奴隷商人でもある自分の弟を頼って、サン＝ドマング島（現在のイスパニョーラ島）にやってきた彼は、島の西の突端（現在のハイチの一部）に砂糖きびのプランテーションを買って住み着いた。

彼は、所有する黒人奴隷のなかからいちばん美しい女性を選んで、身の回りの世話をさせた。そのうち、黒人女性はつぎつぎに彼の子供を身ごもり、二男二女を生んだが、一七七二年、赤痢に罹《かか》ってあっけなくこの世を去った。

このフランス人貴族アレクサンドル＝アントワーヌ＝ダヴィ＝ド＝ラ＝パイユトリーこそがデュマの祖父にあたる人物であり、この黒人女性セセット（キリスト教の洗礼を受けてからはマリ）こそがデュマの祖母にあたる人物である。この二人のあいだに一七六二年に生まれた長男が、引用した戸籍にあるトマ＝アレクサンドル＝デュマ＝ダヴィ＝ド＝ラ＝パイユトリー、すなわちデュマの父親その人ということになるのだ。

この父親には、「デュマ」という名前が加わっているが、それは、もとはといえば、その母親にあたる黒人女性のニックネームからきている。プランテーションの農家を切り盛りしていたことから、この黒人女性は近郷近在では「農家のマリ Marie du mas」と呼ばれていた。苗字のなかった彼女にとって、この「農家の du mas」を一語にまとめた Dumas が苗字の代わりになったのだ。

現代からすると無慈悲きわまりないことだが、当時としては、当たり前の感覚で、アレクサンドル＝アントワーヌは黒人女性と子供たちを認知しないばかりか（法的にこのような認知はすでに可能になっていた）、黒人女性の死後しばらくして――ダニエル＝ジメルマン著の最新の伝記（一九九三年刊『大アレクサンドル＝デュマ』）によれば――子供を四人とも奴隷として売りはらってしまった。もっとも、長男だけは、利発で、彼になついていたものだから、五年後の買い戻し特約をつけてのことだったが。

このころ、アレクサンドル＝アントワーヌに、フランス本国で相続の話が持ちあがった。サイクロンのためにプランテーションが壊滅的な打撃を受け、植民地暮らしに嫌気がさしていた彼は、これを潮とばかりに、植民地での資産を売りはらい、さっさとフランス本国に引きあげた。その後、憎からず思っていた長男は、一七七六年に買い戻し、私生児として認知して、フランスに呼び寄せた。あるいは、買い戻したあと、いっしょにフランスに帰還したともいわれている。

ともあれ、こうした父親のエゴイスティックなきまぐれによって、トマ＝アレクサンドル＝デュマ＝ダヴィ＝ド＝ラ＝パイユトリーは奴隷の身分から解放され、父祖の地フランスの土を踏んだのだ。このきまぐれがなかったならば、トマ＝アレクサンドル、すなわち、デュマの父親は、カリブ海のプランテーションでみじめな奴隷の生涯を閉じていたにちがいない。したがって、われらがデュマも植民地の土に埋もれて、『三銃士』や『モンテ＝クリスト伯爵』を書くことはなかったにちがいない。なんとささいな偶然が歴史を左右することだろうか！

巨漢の鬼将軍

この、運命のいたずらから図らずもフランスにやってきた父親トマ＝アレクサンドルを、デュマはいったいどのように見ていたのか？　『回想録』の記述から拾ってみることにしよう。

アンビバレントな美

まず、容姿について。

当時、父は二四歳だったが、滅多にお目にかかれない美青年だった。褐色の肌、焦げ茶色の潤んだ瞳、まっすぐに通った鼻筋。父のこうした容貌は、インディオとコーカサス人の血が混ざったときにしか生まれえないようなものだった。歯は真っ白で、唇に笑みをたたえ、がっしりとした肩に首がしっかりと据わっていた。一九〇センチの巨軀に似合わず、手と足はまるで女のようだった。

また、別の箇所では、

黒白混血の肌の色が容貌に特異な趣を与えてはいたが、端正な顔立ちだった。クレオールほどに品がよく、容姿端麗が好まれていた時代にあっても、女のような手と足とあいまって、ひときわ容姿端麗だった。

文中、クレオール（クリオーリョ）とは、植民地生まれの白人のことである。ヨーロッパ的美の範疇《はんちゅう》に属しながら、それを混血特有のエキゾチシズムで凌駕《りょうが》し、他の追随を許さぬ独特の美を醸しだしていたデュマの父親。しかも、その美はあくまでも、やさしい女性的なもの。「女のような手と足」が盛んに強調されている。

このような混血の、そして、両性具有の、境界を漂うような、アンビバレントな美は、ほとんど、この世のものとは思われない。

こうしたあやうい美を宿した肉体が、それと裏腹の、すさまじい腕力を発揮するから、なおのこと、私たちはデュマの作る父親像を前に、はてな？　と首をかしげたくなってしまう。

びっくり仰天の力持ち

「体を動かすことについても万能で、当代きってのフェンシングの名手ラボワシエール門下でも指折りの腕前だった」とデュマは父親のことを書いている。

それにとどまらず、デュマは父親トマ＝アレクサンドルに関する、信じられない逸話を矢継ぎ早に紹介する。

まずは軍隊での話。馬の調教場で、梁の下を通るとき、トマ－アレクサンドルは梁を両腕でかかえこみ、自分の体を持ちあげるのといっしょに、長い両足にぎゅっと力をこめて馬の胴体を挟みこみ、馬まで持ちあげて面白がったという。

また、あるときは、トマ－アレクサンドルは仲間の兵士たちの前で、重い軍用銃の銃口に指を突っこみ、腕の力は使わずに指の力だけで軍用銃を持ちあげてみせた。ところが、そこに、たまたま軍の総司令官が通りかかった。総司令官は面白がってすかさず兵士たちに命じた。

「銃をあと三丁持ってこい。」

すると、トマ－アレクサンドルは指四本をそれぞれ四つの銃口に入れ、銃一丁のときと同じように苦もなく銃四丁を持ちあげたという。

つぎに、デュマ自身が子供のころ、実際に目のあたりにしたと言って紹介する話をいくつか。

トマ－アレクサンドルは、膝を曲げて持ちあげた太腿のうえに男をふたり馬乗りに載せ、片足でけんけんをしながら部屋を横切ったことがある。

また、かなりの太さの藤の茎を両手でぎゅっと握りしめ、右手と左手を逆方向に回して、捻り切ったことがある。

さらに、こんなことがあったという。ある日、子供のデュマといっしょにふたり乗り馬車で外出しようとしたとき、屋敷の門まできて、門を開ける鍵を忘れてしまったのに気がついた。トマ－アレクサンドルはさっと馬車から飛びおりて、門の横木をつかむと、二、三回力任せにぐいぐい動かした。横木を固定していた石が砕けて、門がぱっと開いたという。

銃士隊員とのひと悶着

「女のような手と足」を持つやさ男の外見と、内に秘めたものすごい腕力。このギャップが父親の身に珍妙な事件を引きおこすことがあったが、それをデュマは『回想録』のなかで披露している。

父が二二歳のときだった。

ある晩、父はまったくの普段着といった格好をして、パリでも有数のモンタンシエ劇場にいた。当時、美人の評判のたいそう高かった、あるクレオールの婦人のボックス席に陣取っていたのだ。婦人があまりに高名なこと、はたまた、自分の身なりがあまりにだらしないことをはばかってか、父はボックス席の、後ろのほうに身を置いていた。

と、一階前部席から、婦人をめざとく見つけた、ひとりの銃士が、ボックス席のドアを開けさせ、これといった断わりもなしに入ってきた。婦人の隣に座を占めると、銃士は婦人に話しかけた。しゃべり始めた相手の言葉を婦人は遮った。

「すみません。わたくし、今、ごいっしょの殿方がおりますのよ。それが、どうも、あなたさまのお目には入らないご様子ですこと。」

「殿方とごいっしょと言うのは、いったい、どなたのことでしょうか？」

と、相手の銃士はききかえした。

「こちらさまと、ですわ」と、婦人は、父をさして答えた。

「ああ！　これは失礼！　てっきりあなたさまの従僕だと思っていたものですから」と、その若い銃士はやりかえした。

この無礼な言葉が発されるが早いか、礼儀知らずの銃士は一階後部席のど真ん中めがけて落ちていった。

突然、人が落ちてきて、不意打ちをくらった観客たちは大騒ぎ。

落ちた当人も面食らったが、自分たちの頭上に銃士が落ちてきた一階後部席の人々もたまげたことといったらない。

当時、一階後部席は立ち見席だったので、みんなは改めて立ちあがるまでもなかった。みんなは大声をあげながら、銃士が投げだされたボックス席のほうを振りむいた。

と、まあ、こういうわけだが、銃士隊員と事を構えたのだから、あとが面倒だった。当時、絶対王制のアンシヤン－レジーム（旧体制）下では、元帥裁判権なるものがあり、銃士隊員と事を構えたりした場合、フランス国元帥の裁定を受けるのが常だった。デュマの父親トマ－アレクサンドルは、この事件から数日後、フランス国元帥のひとり、リシュリュー公爵のもとに召喚された。リシユリュー公爵というのは、『三銃士』でダルタニャンと三銃士が向こうに回して戦ったことになっている敵の総元締め、あのリシュリュー枢機卿の甥にあたる人物だ。

トマ＝アレクサンドルはラ＝パイユトリー伯爵としてリシュリュー公爵に紹介された。リシュリュー公爵は、ちょっと待てよ、と考えるふうだった。

「そうだ、君は、もしかしたら、ラ＝パイユトリー侯爵のご子息ではないかな？」

「はい、仰せのとおりです。」

「そうか。これは奇遇だな。実は、私は、お父上とは旧知の間柄なのだ。かつて、従兄弟のリクサン侯と決闘に及び不幸にして死なせてしまったことがあるが、そのとき、お父上は私の側の立会人をしてくれたのだ。そういう高潔なラ＝パイユトリー侯爵のご子息のことだ。きっと、今回の騒動でも、君のほうに理があるのだろう。一部始終を話してきかせてくれたまえ。」

トマ＝アレクサンドルが事のしだいをありのまま報告すると、リシュリュー公爵は、

「これは驚いた、かつて、私の身に起こったことが、今度は君の身に起こるとは！　君と、悶着を起こした銃士隊員とは、むろん、決闘で決着をつける以外にあるまいな。よろしい、もし、君に異存がなければ、四六年前だったか、四七年前だったか、お父上からいただいたご恩を喜んでお返しすることにしよう。この私が君の立会人を務めさせてもらおうではないか。」

リシュリュー公爵立ち会いのもと、早速、決闘が行われた。フェンシングの名手でもあるトマ＝アレクサンドルは、一撃のもとに相手の肩を刺しつらぬいたという。

これを機会にリシュリュー公爵は、トマ＝アレクサンドルの父親を自邸に招き、大いに語りあい旧交を暖めた、とデュマは事の顚末《てんまつ》を『回想録』に記している。

この話を聴いて、なんとなくピンときた読者もおられよう。そう、そのとおり。『三銃士』の冒頭部分になんだかよく似ているのだ。

『三銃士』を地でいく父

ガスコーニュの田舎から青雲の志をいだいて、パリに上るダルタニャン。途中、ロワール川沿いのマンの町に来たときだった。田舎くさい奇妙ないでたちを見知らぬ男に笑われて、ダルタニャンは男にけんかを売るが、男の手下ふたりも現れて、三人がかりで反対に打ちのめされてしまう。この見知らぬ男がほかならぬ、リシュリュー枢機卿の片腕ロシュフォール伯爵だ、とあとで分かるのだ。

トマ＝アレクサンドルも、ダルタニャンと同じように、文化的辺境からパリにやってきたお上りさん。服装の奇妙さでばかにされるのも、事を構えた相手がリシュリューの関係者というのも似ている。パリに着いたダルタニャンは、リシュリュー枢機卿と敵対関係にある銃士隊のトレヴィル隊長を尋ねるが、この隊長がダルタニャンの父親とは旧知の間柄ということになっている。トマ＝アレクサンドルが面会した、父親と旧知のリシュリュー公爵が二つに分かれて、物語のなかではリシュリュー枢機卿とトレヴィル隊長になったかのようだ。ただ、トマ＝アレクサンドルがばかにされた屈辱をすぐさま晴らし、徹頭徹尾、格好よく描かれているのは、ダルタニャンと大いに違っているが。

この話だけでなく、いつも、デュマは父親トマ-アレクサンドルをハンサムでめっぽう強い、知力と腕力と美を一身に備えた、非の打ちどころない人物に描いている。ほんとうにそういう面があったにしても、あまりに誇張が過ぎはしないだろうか？

四歳になるかならないかのときに死んだ父親は、デュマの記憶におぼろげにしか残っていないのが当然であり、いわば、瞼の残像を頼りに、デュマは父親像を作らなければならなかった。ダルタニャンがどことなく父親に似ているように、デュマの造形する主人公たちは多かれ少なかれデュマの父親の肖像画であり、デュマの小説とは、こうした父親像のあくなき想像の作業ではなかったか？　そして、想像の父親がどこまでも美しくあるためにこそ、デュマの小説はリアリズム小説であってはならなかったのではないか？

父トマ-アレクサンドル
ヴィレール-コトレに引きこもったころ

父親を夢見ることから始めて、デュマはついに世界を夢見るすべを習得したといえるのが、デュマの小説の秘密なのかもしれない。

父がアレクサンドル＝デュマを名乗った経緯

デュマの父親トマ-アレクサンドルは、やがて、一七八六年、一兵卒として軍隊に志願する。だが、別に高邁《こうまい》な理想に燃えてというわけではない。この少し前、七四歳という老齢も省みず、彼の父親のアレクサンドル＝アントワーヌが、当時家で使っていた小間使いの女性と正式に結婚した。植民地の母は入籍さえしてもらえなかったのに、なんでいまごろになって！　とトマ＝アレクサンドルは憤懣《ふんまん》やるかたない気持ちを父親にぶつけた。親子の仲が険悪になり、父親からの援助がストップした。デュマの言によれば、トマ＝アレクサンドルは、「お金がなければ、パリ暮らしなどくだらない」と悟って、入隊を決意したということだ。

ところが、この話をきいた父は、

「十把一からげの兵卒で入隊するとは、おまえも、ほんとうに見あげたものだ。だがな、わしはラ＝パイユトリー侯爵、国王麾下《きか》の砲兵隊で連隊長まで勤めた人間だ。わしの名前を軍の最下位に格下げしてもらっては迷惑千万だ」と言って、眉をひそめた。

「いいでしょう、それなら、父上にはご迷惑はおかけいたしません。デュマの名前で入隊することにいたします。」

トマ＝アレクサンドルはきっぱりと答えた。そののち、入隊後は、トマ＝アレクサンドル＝デュマ＝ダヴィ＝ド＝ラ＝パイユトリーは、ただ単にアレクサンドル＝デュマと名乗るようになった。

入隊のわずか二週間後に、父アレクサンドル＝アントワーヌが他界した。

「この死によって、父を貴族の身分につなぎとめていた最後の絆が断ち切られた」と、デュマは『回想録』のなかで意味深長な書き方をしている。それというのも、これからわずか三年後にフランス革命が勃発し、フランスという国自体が貴族の身分との絆を断ち切るからである。

こうして、トマ＝アレクサンドル（私たちはデュマとの区別のために便宜上、父親のほうをこう呼びつづけることにする）は、貴族の支配を脱した新しい時代に、貴族の身分を捨てた一個の新しい人間として、ゼロから出発することになるのだが、その話に移る前に、デュマの伝記に欠くべからざる出来事を語らなければならない。つまり、われらがデュマ、本人の誕生に至る経緯だ。

デュマの誕生

フランス革命勃発前に入隊したのだから、トマ＝アレクサンドルが入ったのは当然ながら、国王の軍隊だ。「王妃竜騎兵隊」なる部隊に配属となり、その部隊の駐屯地ランの町へトマ＝アレクサンドルは赴いた。ランの町は、パリから北東へ一三〇キロの地点にあった。

ランとパリのあいだ、パリから北東へ八五キロのところにヴィレール＝コトレという小さい町がある。一見なんの変哲もない田舎町だが、少しばかりほかの田舎町と違ったところがあった。この町には、王家の傍系オルレアン公爵家の城があり、オルレアン公爵家のお膝下で、住民も何代にもわたってオルレアン公爵家御用達を仰せつかっていた。

一七八九年フランス革命の火蓋が切っておとされたわけだが、むろん、国王軍壊滅というところにはすぐに進みはしなかった。革命騒ぎのあおりをくって、ヴィレール＝コトレでも、盗賊が出没するなど治安が悪くなった。そこで、オルレアン公爵家のつてを頼りに、ヴィレール＝コトレの住

母マリ-ルイーズ

民は治安維持部隊の派遣を国王軍に要請した。この要請を受けて、ランの駐屯地から、総計一二三人の竜騎兵が派遣されたのだが、このなかに、トマ-アレクサンドルも加わっていた。

襟と袖口に深紅の飾りのついた緑色の上着、セーム革のチョッキ、銅製の軍帽といった竜騎兵の制服がいかにもあか抜けしていた。こうした粋な軍服に身を包み、列をなして、竜騎兵たちはヴィレール-コトレの町にさっそうと現れた。

竜騎兵隊の行進に見とれた娘たちが、口々に隊員たちの品定めをした。

「ねえ、あの雲衝くばかりの大男。りっぱだわねえ、竜騎兵の軍服がほんとうによく似合って。」

「でも、なんだか色が黒くて、目がぎょろっとしていて、気味が悪い感じ……」

「だけど、見れば見るほど、いい男ね。」

堂々たる体格にはかなわない。なかでも、ひときわ、娘たちの視線を集めたのは、身長一九〇センチのトマ-アレクサンドルだった。そして、娘たちのなかでも、ひときわ、トマ-アレクサンドルに心を動かされたのは、マリ-ルイーズ-エリザベート＝ラブーレだった。マリ-ルイーズ-エリザベート＝ラブーレは、住民の最有力者のひとり、クロード＝ラブーレの娘。一八歳の、町でも評判の美人だった。

クロード＝ラブーレは、オルレアン公爵家の当主ルイ-フィリップの召使い頭を勤めたあと、町でホテルを経営し、国民軍の指揮官にも任命されていたので、いわば竜騎兵たちの受けいれ責任者のような立場にあった。娘のマリ＝ルイーズもかいがいしく竜騎兵たちの面倒をみたが、とりわけ、トマ＝アレクサンドルには献身的だった。そんなわけで、まもなく、ふたりは相思相愛の仲となった。

「せめて、上等兵くらいにはおなりいただかないと……」と、マリ＝ルイーズの父親は渋ったが、トマ＝アレクサンドルは戦功めざましく、数年のうちに、上等兵どころか、軽騎兵中隊長に昇進した。一七九二年、ヴィレール＝コトレに錦を飾ったトマ＝アレクサンドルは、誰はばかることなくマリ＝ルイーズと結婚式を挙げた。そして、一〇年後の一八〇二年七月二四日、われらがデュマが産声をあげることになるのである。

父とナポレオン

トマ＝アレクサンドルに話を戻すと、彼は結婚したあと席の暖まる間もなく軍務に復帰するのだが、革命後しばらくして革命支持に回っていた彼は、もうとっくに国王軍に見切りをつけて、革命義勇軍に参加していた。そして、旧来の身分制度を破壊した革命軍だったので、一兵卒として入隊したトマ＝アレクサンドルはまたたく間に軽騎兵中隊長に昇進したのである。

ところで、トマ＝アレクサンドルの昇進も早かったが、革命軍には、彼を音とするならば、光なみのスピード出世をした者がいた。その名はナポレオン＝ボナパルト。言わずと知れた、後のナポレオン一世だ。だが、当時の軍関係者の証言からして、武勲においてはむしろトマ＝アレクサンドルのほうが数段上だった。だから、運命の歯車がちょっと違った嚙みあい方をしていたら、デュマの父親のほうがナポレオンを凌駕《りょうが》し、ナポレオンの代わりに皇帝になっていたかもしれない……。

ナポレオンの苦労

ところが、むろん、事実はそうではない。ふたりには決定的な違いがあったのだ。ナポレオンは武勇だけでなく、政略の天才でもあった。それよりも、なにより、ナポレオンは魂の奥にすさまじい栄達のエネルギーをたぎらせていた。新しい時代の新しい自己実現は、立身出世をおいてほかにないことを、コルシカ島の弱小貴族の息子は肝に銘じていた。それにひきかえ、トマ＝アレクサンドルは、言葉の本質的な意味でロマンチストだった。彼が熱意を燃やしたのは、多勢に無勢のなかで雄々しく戦う、そのエクスタシーに対してだけだった。敵をばったばったとなぎ倒す、えもいわれぬ十人力の快感。勝利の結果としての昇進とか、政争には彼はまるで興味がなかったのだ。

困難に立ち向かう行為のエクスタシーに酔いしれて、ほかは一切眼中にない。この性質こそ、デュマが父から受けついだものだった。デュマにとって、小説を書くこと、女をくどくこと、新聞を創刊すること、壮麗な邸宅を建てること、うまいものをあさって手当たりしだい頬張ること……、そうした行為自体が無上の快楽であり、それがすべてだった。結果などどうでもよかった。おかげで、デュマは終生苦しむことになったのだ、原稿の催促に、借金地獄に、女性のアフターケアに、そして、肥満にと……。

トマ＝アレクサンドルの場合はといえば、苦労したのはどうやら彼自身ではなく、彼を配下に収めた、フランス軍総司令官たるナポレオンのほうだった。トマ＝アレクサンドルは、聞き分けのないだだっ子同然で、軍務を投げだして帰国したがることも再三再四だった。トマ＝アレクサンドルをひたすらなだめたり、すかしたりして、ナポレオンは大いにてこずったという。なにしろ、トマ＝アレクサンドルはナポレオン麾下の将軍のうちでも、音に聞こえた勇猛果敢ぶり。死を恐れぬ彼と彼の部隊が出陣と聞いただけで、敵は震えあがり、逃げ腰になるのだった。こんな便利なファイティング＝マシーンはまたとない。軍略の天才ナポレオンならずとも、手放すはずがないわけである。

トマ＝アレクサンドルの武勇はあまりにも多いので、極めつきをご紹介するにとどめよう。

「皆殺しの天使」

一七九八年五月に始まるエジプト遠征に、トマ＝アレクサンドルが同行したときの話。七月、いわゆるピラミッドの戦いに勝利を収めたフランス軍は破竹の勢いでカイロを攻略した。だが、これより三か月後の一〇月、圧政に堪えかねたカイロ市民が蜂起した。

早朝、町の四方八方から突如いっせいに反乱の火の手があがった。起きぬけを襲われ、慌てふためくフランス軍。治安維持本部の総司令官デュピュイ将軍までもが、敵の刃を受けて重傷を負う始末だった。

「将軍、デュマ将軍、大変です！　反乱です！　味方は総崩れです！」

寝床で急をきいたトマ＝アレクサンドルは、上半身裸のままでサーベルを手に、鞍も置かず、裸馬に飛び乗った。あたふたと数人の部下が従うだけ。途中出会った味方の兵を取りまとめ、六〇人ほどの部隊をにわか仕立てに仕立てると、宝物庫に群がる敵のまっただ中に切りこんだ。「燃えあがる剣を手に皆殺しの天使」があばれまわる。そんなふうに敵の目に映ったことだろうと、デュマは『回想録』で述べている。トマ＝アレクサンドルの奮戦で、あっと言う間に、敵は宝物庫のまわりから一掃された。

夕暮れとともに敵の攻撃が止んだのを幸いに、フランス軍は体勢を立て直し、ついに、回教寺院《モスク》に敵の首謀者たちを追いつめた。

「暴動にとどめを刺せ！」

命令がトマ＝アレクサンドルに下った。大砲をぶっぱなして扉を破ると、先陣を切って、トマ＝アレクサンドルはモスクに突入した。眼前に突如一メートルほどの高さの石棺が現れ、驚いた愛馬が後ろ脚で立ちあがった。血走った馬の目。馬の鼻の穴から蒸気のように吹きでる息。たけり狂った馬の背にまたがるのは、黒光りする大男。

「カイロの反乱」　ジロデ＝トリオゾン筆

「皆殺しの天使だ！　皆殺しの天使だ！」と、敵の勇者たちは口々に叫んで、縮みあがったという。

この鎮圧の模様をナポレオンに報告にゆくと、ナポレオンはすでに微に入り細をうがって報告を受けており、トマ＝アレクサンドルの顔を見るなり、

「よく来た、ヘラクレス！　七頭蛇《ヒュドラ》を退治したのはおまえだな」と上機嫌で迎えたという。そして、周囲の者たちに向かって、

「モスク攻略の絵を描かせることにしよう。デュマ、おまえはもうモデルとして中心でりっぱにポーズを取ったのだからな。」

この絵は「カイロの反乱」と題するアンヌ＝ルイ＝ジロデ＝トリオゾン

の作品（現在、ヴェルサイユ美術館に収蔵されている）をさすと思われるが、デュマも『回想録』で記しているように、その後、トマ＝アレクサンドルはナポレオンの不興をかったので、結局、絵の中心に描かれたのは、サーベルを振りあげて敵に立ち向かう無名の金髪の将校だけとなっている。

実は、このモスク攻略のまえにも、トマ＝アレクサンドルはナポレオンと衝突したことがあった。仲間の将軍たちといっしょになって、エジプト遠征はナポレオン個人のさもしい人気取りではないか？　と批判したことがナポレオンに知れて、トマ＝アレクサンドルは詰問された。

「どんなに偉大な人間であれ、ひとりの人間の利益よりもフランス一国の国益のほうが優先する、と私は信じます。」

堂々とトマ＝アレクサンドルは言ってのけた。

カイロの武装蜂起鎮圧後、ナポレオンと極端に折り合いが悪くなったトマ＝アレクサンドルはさらに深いメランコリーに沈んだ。「なにもかも心底いやになる、生きていることさえもいやになる嫌悪感に、彼はとらえられた」とデュマは『回想録』で父親を描写している。郷愁がつのり、ナポレオンの懸命の慰留を押しきって、なんとか帰国の許可を得た。即刻、家財道具を売り払い、カイロを発った。一七九九年三月三日、帰国を希望する同胞たちと船をチャーターして、アレクサンドリア港から海路フランスに向かったのだが、この帰路に、トマ＝アレクサンドルの運命を一八〇度変える、とんでもない事件がもちあがることになる。

途中、嵐に襲われて、船体の一部を損傷し、徐々に浸水が始まった。風向きが逆で、エジプトに引き返すことはできない。やむなく航海を続けるうちに、沈没の危険が迫ったので、ついに、接岸を余儀なくされた。トマ-アレクサンドルたちが命からがら辿りついたのは、イタリア半島の南端に近い、ターラント港だった。

ターラントの町は、もともとナポリ王国の領土内にあった。イタリアに遠征したフランス軍の侵攻にナポリ王国は屈し、トマ-アレクサンドル一行が寄港する一か月半前、一月二六日には、パルテノペーア共和国が成立していた。いうまでもなく、パルテノペーア共和国はフランスの友好国。トマ-アレクサンドルは歓待されるものと信じて疑わなかった。ターラント市の係官に案内されるままに、ブリンディジ城に赴いた。

健康を損ねる薬物

ところが、その城で彼を待っていたのは、二年におよぶ監禁生活だった。エジプト滞在が長かったトマ-アレクサンドルには、イタリア半島の微妙な政治情勢はつかみきれていなかった。ナポレオンがエジプトに腰を据え、地中海でフランス海軍の制海権が弱まると、イギリスやオーストリアと結んで、ナポリ王国の国王一派が巻き返しに転じていたのである。ターラント市にも、国王の影響力は着実におよんでいた。フランス軍に対して怒り心頭に発していた国王一派は、手段を選ばなかった。公然と、暗殺、毒殺、奇襲などあらゆるゲリラ戦術を一般市民にまでも勧めていた。

ナポリ国王のために軍を率い、フランス軍の捕虜となったオーストリアの将軍との捕虜交換が成立して、トマ-アレクサンドルは一八〇一年四月五日、晴れて自由の身となった。その直後に、トマ＝アレクサンドルはフランス軍の司令部に宛てて報告書を書いたが、この報告書のなかで、彼は実に驚くべき事実を明るみに出している。

「毒を盛られたために、私は耳が聞こえなくなっていた。片方の目が完全に視力を失っていた。手足の麻痺がどんどん進行していた。誰の目にも明らかだったが――また、それは、体内に健康を損ねる薬物が確かに投与されていることを証明するものだが――、三三歳九か月にして、私は老衰のありとあらゆる兆候に襲われたのだ。」

同じ報告書によれば「砒素《ひそ》化合物による中毒」とのことだが、食物に混入している砒素をかなり長期間にわたって摂取させられたようだ。「五臓六腑の痛み、吐き気」は言うにおよばず、しまいには「激しい頭痛や絶え間ない耳鳴り」にまで襲われるようになっていた。

その後、トマ＝アレクサンドルの健康はいくらかは回復したが、もとの体に戻ることはついになかった。任務を解かれ、家族のもとに帰ったトマ＝アレクサンドルは、友人の将軍たちに取りなしを頼んだり、ナポレオンにじかに手紙を書いて訴えたり、執拗に軍務復帰の働きかけを行った。再び戦場に立ちたくて矢も楯もたまらなかったのだ。だが、ナポレオンとその軍隊は、錆びついたファイティング＝マシーンには、もはや用はなかった。一八〇六年二月二六日、トマ＝アレクサンドルは失意のうちに、四四年の生涯を閉じた。監禁生活で害した健康を結局、取り戻すことができなかったのだ。すでに触れたように、このときデュマはまだ三歳と七か月、物心ついて間もないころだった。

『モンテ-クリスト伯爵』の深層のテーマ

トマ-アレクサンドルが監禁生活を送り、さらに、家族のもとで軍務復帰の見果てぬ夢を見つづけた七年のあいだに、彼が役柄を取りかえてもよかったもうひとりの将軍は、全ヨーロッパ支配への道をひた走りに走っていた。一七九九年一一月、いわゆる「ブリュメール一八日のクーデタ」を起こして、総裁政府を倒し、執政政府の第一執政として政権を掌握した。その後、一八〇〇年五月には第二次イタリア遠征を敢行。同年二月にはフランス銀行を設立し、一八〇四年三月にはいわゆるナポレオン法典を発布するなどして国内の政治・社会制度を整備した。同じ一八〇四年の五月には、元老院の決議によって皇帝の地位を得、一二月にはローマ法王をパリに迎えて、ノートル-ダム大聖堂で壮麗無比な戴冠式を挙行した。

一八〇五年にはアウスターリッツの戦いでオーストリアとロシアの連合軍を撃破し、イタリアの支配権を獲得した。同年、トラファルガーの海戦で海軍に大打撃を蒙ったものの、一八〇六年には、イエーナ、アウエルシュテットの戦いでプロイセン軍を破り、やがて、ベルリンを攻略して、プロイセン全土を征服した。その後も、戦勝につぐ戦勝を重ね、一八一〇年ごろには、ついに、スペインから東欧まで、イギリスとオスマン帝国を除く全ヨーロッパを支配下に置いたのだ。

しかし、一八一三年、ライプツィヒの戦いで破れ、一八一五年、百日天下のあと、ワーテルローの戦いで破れるにおよんで、ついに、その治世に終止符を打つにいたった。以後、絶海の孤島セント-ヘレナ島に幽閉されて、鬱々とした日々を、一八二一年に没するまでナポレオンは過ごした。

空前絶後の超人的な活躍、そして、それに続く没落があったればこそ、ナポレオンは多くの文学者の心をとらえ、その生涯が近代の数少ない神話の一つとなったのであり、ナポレオン自身はたぐい稀なロマンチック＝ヒーローとなったのだ。

監禁生活のあと、ついに再起を果たすことなく、失意のどん底でこの世を去ったデュマの父親。この父親がロマンチック＝ヒーローとなるためには、凋落《ちょうらく》の憂鬱のほかに、もう一つの要素が必要だった。つまり、超人的な活躍が……。デュマの文学創造は父親像のあくなき追求である、と書いたが、その父親は比類なき活躍の人、そして――ナポレオンと異なる個性をもつとすれば――なにをおいても、行為のエクスタシーに生きる人でなければならなかった。

読者ももうお気づきだろうが、デュマの小説では少々異常なまでに主人公の監禁生活が重要な役割を果たしている。なかでも、『モンテ-クリスト伯爵』の主人公エドモン＝ダンテスは顕著な例だ。何年もイフ城に監禁されながら、ついに超人的な脱獄に成功し、財力と権力を手に入れて、その後の生涯を復讐という、ある意味では、それ自体のもたらす快楽以外になんの代償もない、行為のための行為に捧げている。父親が生きられなかった無念の人生を、監禁から始めて、デュマがあるべき姿で再構築した。これが、『モンテ-クリスト伯爵』の深層のテーマだ、ともいうるのである。

II

デュマがデュマになるまで

父の死を越えて

『回想録』で父の死について記述した部分――父の死後四五年が経過した、一八五一年の時点で書いたと思われる部分――で、デュマは父親に対する熱烈きわまりない愛情告白をしている。

「それにしても、父の肉体が取る形の一つ一つ、父の顔が浮かべる表情の一つ一つにいたるまで、父が昨日亡くなったのと同じようにありありと、眼前に思い出がよみがえる。私はいまでも父を愛している。早死にせずに父が生きて私の少年時代を見守ってくれたのと同じくらい――幸せにも父の腕《かいな》に寄りかかりながら少年から青年へと成長していったのと同じくらい――やさしく、深く、しっかりと、私は父を愛している。父が早死にしたために、実際には、不幸にして、私は父の愛情を知らずに成長したが。」

ここでデュマは「父の腕に寄りかかりながら少年から青年へと成長していったのと同じくらい」とわざわざ仮定して言っているが、裏を返せば、それほど、デュマは少年から青年への成長期に父親の愛を渇望し、その欠如に悲痛な思いを嚙みしめていたことになるのだ。

母と子の辛酸

このような精神面だけでなく、物質面でも、父の死後、母と子はあらゆる辛酸を嘗めなければならなかった。生前から父親が請求していた、監禁生活のあいだ滞っていた二年分の俸給は、相変わらず未払いのままだった。残された未亡人と子供に対する年金についても、父の旧友を介して行った請求に対して、下付するにはおよばず、という決定を非情にもナポレオンは下した。

「あの男は、フランス一国の国益が優先すると豪語したではないか？　そんな、わしのために働いたのでもない不忠者に、わしが報いてやる義理がどこにあろうか！」というのが、ナポレオンの論理だった。

親類縁者や隣人の世話になりながら、母子は口を糊した。教育制度は一九世紀を通して徐々に整備されていくのであって、一九世紀初頭の当時、初等教育は、まだ、日本でいえば、寺子屋がかろうじて発達した程度だった。そうした私塾の一つに通い、グレゴワールという神父のもとで、ラテン語とギリシア・ローマの古典文学を中心とする教育を受けた。けれども、デュマは生来勉強ぎらいで、成績が悪かった。取り柄は、ただ一つ。人並みはずれて素早くきれいな字が書けることだった。

勉強はきらいだったが、それでも、母親や隣人の影響から読書は好きで、『回想録』でデュマ自身が述べるところでは、五、六歳にして、ビュフォンの『博物誌』、ダニエル＝デフォーの『ロビンソン＝クルーソー』、それに、『聖書』、『千夜一夜物語』をすでに読み、とくに、ギリシア・ローマ神話は大好きで、ドムスチエの『神話についてのエミリーへの手紙』はまるごと暗記していたという。

ヴィレール゠コトレに引きこもってからというもの、父親も体調の許すかぎり狩猟を無聊《ぶりょう》の慰めとしていたのだが、一〇歳の声をきくとすぐにデュマも射撃を習い、めきめきと腕を上げて、猟銃を肩に森を駆けめぐるのを楽しみとした。

『ハムレット』のショック　一五歳のとき、そろそろ息子の将来を考えねば……、と母親が話をつけて、デュマはメネソンという公証人のもとで、見習いとして働きはじめた。といっても、最初は、足腰の丈夫なのを見こまれて、近郷近在へ使い走りに出るのが仕事で、公証人になるための勉強などさせてはもらえなかったが。デュマはもっけの幸いと、猟銃をかついで出かけては、野兎片手に仕事先から戻るのだった。

やがて、デュマはダンスを覚え、恋を覚え、そして、芝居を覚えた。

恋の相手は、同じヴィレール゠コトレに住むアデル゠ダルヴァンという「清純にして誠実、身持ちの正しい娘」（『回想録』）だった。親と世間の目を盗み、押したり、引いたり、迫ったり、誘ったり……。難攻不落の城を一年以上も攻めあぐねたあと、やっとの思いで、デュマは甘美な一夜を手に入れたのだ。デュマ、一六歳の初恋だった。

芝居のほうはといえば、デュマが芝居に魅入られたのは、当時、ほかにこれといった娯楽がなかったからともいえる。テレビをはじめとするマスメディアに飽食した現代からは想像がむずかしいが、当時、娯楽といえば、芝居が筆頭だった。一八一九年ごろ、郡役場の所在地であるソワソンまで、デュマは仕事仲間と連休に繰りだしたことがあるが、そのとき、「国立高等芸術院研修生一座特別興行　デュシス作悲劇『ハムレット』」というポスターが目にとまった。

母親に言われて、コルネイユやラシーヌの古典悲劇を読み、死ぬほど退屈だ、と辟易《へきえき》したことがあった。ポスターに「悲劇」という言葉を見て、デュマは一瞬たじろいだ。『ハムレット』が何なのか？　デュシスが誰なのか？　デュマには皆目見当がつかなかった。

いまさら、ほかの劇場へ回るのも億劫《おっくう》だし……、まあ、しようがないか？　というわけで、列に並んで、なんとか一階の立見席に潜りこんだ。

幕が開いた。劇が進むにつれて、目と耳がぐんぐん舞台に引きこまれていく……。

「幻想的な導入部、ハムレットの目にだけ見える亡霊、母親を向こうに回したハムレットの戦い、壺にまつわるエピソード、ハムレットの独白、疑いが死に投げかける陰鬱な質問の数々」。こうした劇の展開がすさまじい力でデュマを圧倒した。「三二年経ったいまも、どんな細かい点までもまざまざと眼前によみがえるほど、私は強い印象を受けた」とデュマは『回想録』で振り返っている。

パリに住む知人にすぐに手紙を書いて、この悲劇『ハムレット』の脚本を取りよせると、三日間、むさぼるように読んだ。何度も読みかえしたあげくの果てに、ハムレットの台詞を一つ残らず暗記してしまった。それだけならまだしも、「致命的なことにも、記憶力が良すぎたために、暗記した台詞がそのあとどうしても頭から離れなくなってしまった」という。

このハムレット＝ショックによって、デュマは漠然とではあるが、演劇に志すようになったのである。

感性の自由

ところがである。このデュシスの『ハムレット』というのは、実は相当、眉唾《まゆつば》のシェイクスピアなのだ。まずもって、シェイクスピアのフランス語訳は、正確なものは、大作家ヴィクトル＝ユゴーの次男フランソワ＝ヴィクトルが一八六〇年代に出版するシェイクスピア全集を待たなければならなかった。デュマが少年であった、この一九世紀の初めころ、フランス人が手にできたのは、一七七六年から一七八二年にかけて刊行されたピエール＝ル＝トゥルヌールによる翻訳だが、これはたいそうラフな代物だった。この翻訳を参照しながら、劇作家ジャン＝フランソワ＝デュシスは自身のあやしい英語力を使ってシェイクスピア劇をつぎつぎと翻訳、というよりも、翻案し、古典主義演劇の牙城コメディー＝フランセーズで上演させた。フランスで初めてシェイクスピア劇を上演させたということでデュシスは歴史に名を留めることになった。

だが、なにしろ、一八世紀当時、宮廷人はいうにおよばず、ヴォルテールなどいわゆる進歩的知識人の多くも、演劇は「良き趣味」を守らなければならない、と頭から決めてかかっていた。そのものずばりで下品な言葉遣いは台詞から排除されたし、粗野で暴力的な行為は舞台に載せられなかった。世の中の流れに棹さして、デュシスはシェイクスピア劇をことごとく古典主義悲劇の「良き趣味」に合わせて作り変えてしまった。牙を抜かれたオオカミ、爪を削られたヤマネコ、毒を抜かれた毒蛇。シェイクスピア劇はとんだ去勢を受けたことになる。

無意識の闇からほとばしりでる荒々しい情念の言葉、常軌を逸した人間の行動、エネルギーの凝縮したストーリー展開。こうしたシェイクスピア劇の真骨頂はデュシスの『ハムレット』には見る影もない。だが、それでも、デュマが意外にもそれらの残り香くらいはデュシスの『ハムレット』から感じ取っていたことは、先に引用した、デュマがこの劇で着目した点の列挙に表れているのだ。デュマ自身が明かしているように、コルネイユやラシーヌを死ぬほど退屈に思い、古典主義演劇の素養が皆無に等しかった彼は、演劇についてなんの先入観も持たず、いうなれば白紙の状態だった。自由に感性をはばたかせ、自分の感性にぴったりくるものだけを彼はキャッチした。度はずれた感性の自由がデュマを、彼自身も気づかないところで、すぐれた時代のアンテナにしていた。シェイクスピア劇、とくに、その、デュマが着目した側面が、本場イギリスの劇団がパリで公演したこともあって、一八二〇年代後半、フランス＝ロマン派の文学運動に指針を与えることになるのだ。

この時代の文芸思潮を、新聞の記述を中心に分析したヘレン＝マックスウェル＝キングは、『一八一四年から一八三〇年にいたる、「コチディエンヌ」紙の文学綱領』で、「ロマン派が文壇を揺り動かした時代には、シェイクスピアに対してどういう態度を取るかは、その文学者が、進歩的であるか反動的であるかを正確に見分ける、試金石であった」と述べている。デュマは少なくとも数年はフランスのロマン主義運動を先取りしていたことになる。いやはや、無知ほど革命的なものはない。革命前を知らなければ、最初から革命後の感性をわがものとできるのだ。

ますます昂ずる演劇熱

こうしてデュマが演劇に興味を持った折も折、パリで演劇の情報と夢をしこたま仕入れた友人のアドルフ＝ド＝ルーヴァンがヴィレール=コトレに戻ってきた。

アドルフとは、デュマ母子の世話を焼いてくれていたコラール家を仲介としてデュマは知りあった。アドルフの父親はスウェーデンの貴族で、国王暗殺に加担したかどで国外追放となり、フランスに滞在していた。アドルフはデュマと不思議に気が合い、デュマに詩作を教えた。そのうちに、アドルフは、父親の友人で劇作家のアルノーに招かれて、アルノーのパリの家に行ってしまった。半年間、アルノーの家に滞在するうちに、アドルフは、ウジェーヌ＝スクリーブ（一七九一～一八六一）などの名高い劇作家や有名な俳優たちと知り合いになり、劇場の楽屋にも平気で出入りするようになっていた。アドルフから、パリの演劇界の裏話を五万ときかされ、デュマは心が踊って夜も眠れなかった。

デュマにはもうひとり文学好きの友だちがいた。アメデ＝ド＝ラ＝ポンスという二〇代後半の青年で、年金生活の気楽な身分から、ふらっとヴィレール=コトレにやってくると、町に家を借りて住み着いた。この青年からは、デュマはイタリア語とドイツ語を習い、同時にイタリア文学とドイツ文学についてもいろいろと薫陶を受けた。

そのうちに、アドルフがデュマと、デュマの公証人事務所の見習い仲間を誘って、素人劇団を作った。デュマも脚本や演出を担当し、時として目を見張るようなアイディアを出した。仲間から褒められるうちに、ぼくにも才能がある、芝居でめしが食っていける、としだいにデュマは自信を深めていった。

再びパリに出たアドルフを訪ねて、デュマは数日間パリに滞在した。アドルフに連れられて、当代きっての大俳優タルマを自宅に訪問した。「あのフランス軍の名将、デュマ将軍の息子さんです」とアドルフが紹介した。

「それは、それは。お父上にはお目にかかったことがありますよ。」

タルマは丁重に答えて、握手をもとめてきた。タルマの手を握り、感激に打ちふるえたデュマは、きっといつかは、タルマが主役を演じてくれるような傑作を書いてみせるぞ！　とますます演劇で身を立てる決心を固めたのだった。

もっとも、デュマがほかにつぶしがききそうになかったのも事実だ。公証人のもとで見習いをして三年にもなるというのに、いっこうに法律の知識が身につかなかった。親しい隣人たちが心配してデュマの母親に言ったものだった。

「あまり先のことを言うのもなんだけれど、あなたのお子さんねえ、どうしようもない怠け者だわね。あの調子じゃ、一生何をやったって、ものになりっこないわ。」

つらいパリ生活

唯一の取り柄

人間だれしも取り柄はあるものだが、要はそれが活かされるかいなかだ。読者も憶えておられようが、デュマのただ一つの取り柄は字がきれいなことだった。怠け者ながら公証人の見習いとして三年も勤まったのは、ひとえにこの能力による。デュマがパリに出るにあたっても、この唯一の取り柄がものを言うことになる。

ぼく、劇作家になるんだ、とでも言おうものなら、おまえ、なにか悪いものでも食べたんじゃないかえ？　と一蹴されそうなので、デュマは、「パリへ働きに出たいのですけれど……」と母親に切りだした。

「まあ、それもいいだろうよ」と母親は案外あっさり承知した。どうせだめな子なら、好きなようにさせてやるしかない。母親はそう考えたのだ。虎の子の貯金から五〇フラン（いまの日本円で六万円見当）を母は餞別に息子に贈った。

地方の実力者であるダンレという父の旧友から、国会議員であるフォワ将軍宛の紹介状を手に入れると、デュマはヴィレール＝コトレをあとにした。ときに――クロード＝ショップの推定（一九八五年刊『アレクサンドル＝デュマ』）によれば――一八二三年四月五日のことだった。

翌朝、デュマはパリに着いた。フォワ将軍以外にも紹介状をもらっていたので、そうした父の旧友たちをまず訪ねた。みんなから、冷たいあしらいを受けたあげくのはてに、デュマはフォワ将軍を訪問した。アレクサンドル＝デュマの名を聞くやいなや、将軍は、

「もしや、あのアレクサンドル＝デュマ将軍、フランス軍の名将として鳴らしたデュマ将軍のご子息ではないかな？」ときいてきた。

「はい、おっしゃるとおりです。」

「そうか、やはりそうだったのか。聞くところによると、ボナパルトがずいぶんひどい仕打ちをしたそうだな、将軍ご自身にも、将軍が亡くなられたあとは、将軍の未亡人に対しても……。で、ご用の向きは何かな？」

デュマはダンレの紹介状を見せた。フォワ将軍が国会議員に当選し今日あるのは、もとをただせば、苦戦を強いられた選挙でダンレが票集めに東奔西走したおかげだ、とデュマはダンレから聞いていた。デュマは言った。

「実は、就職の当てがなくてパリに出て参りました。将軍にお縋《すが》りする以外にありません。どうか、なんとか、将軍のお力で。」

「で、どんな仕事ができるのかな？」

もとより、お金になるような技能があるわけではない。デュマが返事に窮していると、将軍は気の毒そうに、

「まあ、とにかく連絡先を書いておいてくれたまえ。」

ところが、デュマの筆跡を見ているうちに、将軍の顔が明るくなった。

「ああ、よかった。これでなんとかなる。なかなか、うまい字が書けるんだな、君は！」

しかし、この言葉を聞いてデュマは赤面した。思えば、自分にできるのは美しい文字を書くことぐらいなのだ。こんなことで、パリで暮らしてゆけるのだろうか？　りっぱな劇作家になれるのだろうか？　デュマはしんそこ自分で自分がいやになった。

フォワ将軍が世話をしてくれたのは、オルレアン公爵家の秘書室の事務だった。オルレアン公爵はのちに一八三〇年の七月革命で国王ルイ＝フィリップとなる人物で、王政復古の当時にあっても、すでに進歩的な態度を取り、野党のリーダーであるフォワ将軍とも親交が深かったのだ。おまけに、デュマの生まれ育ったヴィレール＝コトレはオルレアン家とは因縁浅からぬ土地であった。デュマの母方の親類のうちでも、従兄のドヴィオレーヌなどはオルレアン家の森林管理を一手に任されていた。この従兄はデュマの母親がデュマの就職の斡旋を頼みに行ったときには、けんもほろろに断ったのだった。いざデュマがオルレアン家の秘書室に就職しても、この従兄から目に見える助力はなかったが、この男と親戚であるということが分かっただけで、みんなはデュマに一目置くようになった。

新しい職場はデュマにとって、けっして居心地の悪いところではなかった。

無知蒙昧《もうまい》では、いくら天才でも劇作家になれるわけがない。ちょうどよい具合にオルレアン家の秘書室に、ラサーニュというたいそう博学な同僚がいた。ラサーニュとは最初からデュマは気が合った。劇作家になりたいという、デュマの野心を知ると、ラサーニュは友だちのよしみで、文学と歴史の個人教授を買って出てくれた。やれ、シェイクスピアだ、ゲーテだ、やれ、アイスキュロスだ、ソポクレスだ、やれ、ラシーヌだ、モリエールだ……、と古今東西の名作をかたっぱしから読まされた。デュマも、ここが正念場と必死でラサーニュの指導に従った。

『吸血鬼』と珍本収集家

そんなころ、また一つの幸運な出会いがデュマの身に訪れた。パリに着いてから一週間も経たないある日、明日からオルレアン家の秘書室勤務が始まるという日だった。夕食を節約したお金で、デュマはポルト-サン-マルタン劇場へ芝居見物に出かけた。折から、ポルト-サン-マルタン劇場では三幕のメロドラマ『吸血鬼』が上演中で、連日連夜、大入り満員の大盛況だった。

チケットを買う窓口で列を並びちがえたおかげで、分不相応な一階オーケストラ席にデュマは紛れこんだ。ふと見ると、隣の席に、一二折りの小型本を大事そうに手に持って読みふける、「歳のころは四〇歳から四二歳、見るからに気さくで、人がよさそうで、やさしい顔立ちの紳士」がいた。「髪は黒く、目は青みがかったグレー。鼻は少しばかり左に反っていた。唇は機知に富んだ、冷やかし好きの薄い唇、話上手な者だけが持つ唇だった」(『回想録』)。好奇心旺盛なデュマは、

「あの、もし失礼なことを伺うようでしたらお許しいただきたいのですが、ほんとうに卵がお好

きなようでいらっしゃいますね？」と――のちにデュマ自身が、こいつ、頭のなかは、からっぽじゃないかな？　と思われてもしかたがない質問だったと反省しているが――いかにも愚かな質問をした。相手の本をちらっと盗み読みしたところ、「肉断ち日もそれ以外の日も、どんな卵でも料理する六〇通りを超える調理法」という一節が目についたからだった。

愚昧な質問にもかかわらず、相手は、内容ではなく本自体が貴重だということから始めて、少しも面倒くさがらず、そもそも珍本収集家とは何か、なぜ珍本収集家が一二折り版の小型本エルゼヴィル版を珍重するかまで微に入り細をうがって説明してくれた。

ヤジの紳士は

「へぇー、こんな世界もあったのか」とデュマがあっけに取られていると、芝居の幕が開いた。すると、どうだろう、くだんの紳士は、「プロローグ」ののっけから、舞台の上で俳優がしでかした、誰も気づかないような、動詞の時制の間違いに体を震わせて怒りだすではないか！　そして、とうとう、最後の第三幕になると、怒りは頂点に達して、紳士は舞台に向かってすさまじいヤジの口笛を吹き始めた、それも、主役の吸血鬼が大見得を切るいちばんの見せ場で。

だいたい当時の劇場には、一階オーケストラ席と立ち見席に、景気づけとヤジ封じのために、サクラが何人も配されていたものだが、こうしたサクラが黙ってはいなかった。ここぞ、出番、とばかりに、彼らは一団となって座席の上に仁王立ちになると、声を揃えてがなりたてた。

「退場だ！　退場だ！　騒ぐやつはつまみ出せ！」
劇場側はすばやく警察に連絡を取った。デュマの隣にいた紳士は第三幕でヤジの口笛を吹くまえに、一階ボックス席に移って防御を固めていたのだが、警官がやってくると、ひとたまりもなかった。またたく間に客席からつまみ出されてしまった。中断していた劇は再開され、大団円の吸血鬼の最期へと雪崩を打つように一気に劇は加速した。

劇の感動もさることながら、翌日、このときの紳士が誰であるか、新聞で知ったときのデュマの驚きようはなかった。オルレアン家の秘書室で新聞を読んでいたラサーニュは、つぎのような記事に出くわし、デュマに読んで聞かせたのだ。

「われらが博識の愛書家シャルル＝ノディエはポルト‐サン‐マルタン劇場から強制排除された。ヤジの口笛を吹いて、上演の妨害をしたためである。なお、シャルル＝ノディエは『吸血鬼』の匿名作者のひとりでもある。」

シャルル＝ノディエ

デュマはシャルル＝ノディエ（一七八〇～一八四四）という名前だけは知っていた。ああ、あれが有名なノディエだったのか！　と納得した。

早速、ノディエの代表作の一つとされる『ジャン＝スボガール』（一八一八）をデュマは読んでみた。そして、『回想録』によれば、

「それまで、私はピゴー‐ルブランの作品こそ傑作だと信じて疑わな

かったが、この本を読んだお陰で、そんな気持ちが大いに怪しくなった」ということである。

ノディエの功績

ピゴー＝ルブラン（一七五三〜一八三五）は一八世紀末から一九世紀初頭にかけて活躍した小説家だ。心理の厚みの微塵もない明朗闊達《かったつ》な登場人物たちがおもしろおかしく活躍する作風は、少年少女に圧倒的な支持を得て、ベストセラー作家の名前をほしいままにしていた。

ヴィクトル＝ユゴーも『アイスランドのハン』という小説の第二版の序文（一八二三）で、もうひとりの当時のベストセラー作家デュクレ＝デュミニルとピゴー＝ルブランを並べて、「卓越した人物たち、才能と良き趣味に恵まれた双子」と述べている。

だいたい、一九〇〇年前後に生まれたデュマやユゴーたちの世代は少年時代にピゴー＝ルブランを読んで育った。そして、ノディエの作品を知ることによって、ピゴー＝ルブランを乗り越えるというのが、読書遍歴のお決まりのコースであった。

ここでのデュマと同じように、ユゴーもやはりノディエによって新しい文学の方向を見定めたひとりだ。奇しくも、この同じ一八二三年、しかも、三月中旬、すなわち、デュマがノディエに出会うわずか一か月前、ユゴーは初めてノディエを自宅に訪問し、知遇を得ている（実際は、ノディエは留守で、ユゴーの訪問を知って、後日、ノディエがユゴー宅を訪問し、対面したのだが）。

このユゴーのノディエ訪問は、ノディエに礼を言うためであった。当時ユゴーは弱冠二一歳（デュマとユゴーはどちらも同じ一八〇二年生まれ）で、処女長編小説『アイスランドのハン』を出版したばかりだった。この小説をノディエが「コチディエンヌ」紙の書評で高く評価してくれたのだった。

このように、ノディエは、新人発掘にことのほか意欲を燃やした人物で、ノディエが世に送り出した新人は数限りなかったし、ノディエが新人の作品を書評で激賞したり、新人の本に「推薦の辞」を寄せたりすれば、それは、その新人にとって文壇入りのお墨付きをいただいたも同然だった。

現在の時点から振り返ってみると、ノディエは作家としての才能はあまりなかったといえる（第一、フランス語の文体自体が名文からはほど遠いのだ）。だが、つぎの三つの点でノディエは、今日なお充分評価に値する。一つは書籍フェティシズムともいえる、本に対する愛情、とりわけ、稀覯《きこう》本に関するマニヤックな著作によって。二つ目は、初期ロマン主義文学運動のリーダーとして。そして、三つ目は新しい文学の担い手を発掘し、育てた功績によって。とくに、この三つ目の功績はいくら強調しても強調しすぎることがないのだ。

コメディーーフランセーズを狙え

小説家としての道をユゴーに開いたように、劇作家としての道をデュマに開いたのも、ほかならぬノディエだ。事のしだいはつぎのとおり。

のちに、『悪魔の回想録』（一八三七〜三八）を書いて有名になるフレデリック＝スーリエ（一八〇〇〜四七）とデュマは友だちになった。一八二七年秋のある日、ふたりで同じ題材を扱って戯曲の競作をしようということになった。ふたりが題材に選んだのは、一七世紀スウェーデンの女王クリスチーヌが犯したその恋人の暗殺という罪。この暗殺の場面をレリーフに仕立てた彫刻作品を、デュマがたまたま展覧会で見てヒントを得たのだ。

時が過ぎて、劇を先に完成させたのはデュマのほうだった。デュマの『クリスチーヌ』は五幕韻文劇という本格的な作品に仕上がった。二年前の一八二五年には、友人のルーヴァンやルソーと共同執筆したヴォードヴィル『狩猟と恋愛』を、デュマはアンビギュ＝コミック座という小劇場で初めて上演にこぎつけたことがあった。だが、今度はそんな軽い作品とはわけが違った。是非ともコメディー＝フランセーズで上演してもらうことにしよう、とデュマは堅く心に誓った。

日本でも知られているように、コメディー＝フランセーズはフランスでも数少ない国立劇場で、一七世紀の創設以来フランス演劇界に君臨し、いわば、フランス演劇の総本山だ。一八二〇年代のこのころには、演目を必ずしも古典劇に限定せず、新しい作品もレパートリーに加えていた。そこをデュマは狙おうというわけだ。

さて、どうしたものか？　コメディー＝フランセーズには上演作品審査委員会というものがあって、この委員会に採用してもらわなければならない。ところが、まずもって、この委員会の審査を受けるだけでも至難の業だった。審査待ちの作品が目白押しで、手をこまねいて見ていたら、何年待たされるか分かったものではない。

「テロール男爵に相談したらいいですよ。」

オルレアン公爵家の秘書室にチケットを届けに来たコメディー=フランセーズの使い走りがこう教えてくれた。テロール男爵はもともとブリュッセル生まれのイギリス人（「テロール Taylor」を英語読みにすれば「テイラー」）で、フランスに帰化してから、劇場の舞台装置を手がけて頭角を現した。この少し前に、国王シャルル一〇世のお眼鏡にかなって、コメディー=フランセーズ付きの国王派遣運営委員に大抜擢されていた。

ラサーニュにこの話をすると、

「それなら、シャルル＝ノディエに手紙を出すといい。ノディエとテロールはツーカーの仲だ。きっと力になってくれるよ。」

「はたして、ノディエがぼくのことを憶えていてくれるかなあ？」

尻込みするデュマをラサーニュがさらに励ました。

「だめでもともとじゃないか。」

覚悟を決めて、デュマはノディエに手紙を書いた。『吸血鬼』の上演で隣の席にいたこと、稀観本愛好の話を拝聴したことなどを書きつらねたうえで、事情を説明し、テロールへの仲介を頼んだ。

一難去ってまた一難

はたして、数日後にテロールから直接手紙が届き、自宅に来るように、とのこと。テロール宅に出向いたデュマは、テロールの前で『クリスチーヌ』を読みあげた。

「細かいところに難点はあるけれども、ストーリー全体はなかなかよくできているじゃないか！」

テロールはすぐさま上演作品審査委員会にデュマの作品を諮《はか》ってくれた。委員会の決定は条件つき受理ということだった。条件というのは、コメディ－フランセーズ出入りのピカールという劇作家に手直しさせるというもの。ところが、デュマの戯曲をあれこれ一週間検討したあげく、ピカールは、

「こんな駄作は手がつけられませんね」とひどい結論を出した。

頭の固いピカールには、デュマの奔放な才能がまったく理解できなかったのだ。

このことをテロールに報告すると、テロールは原稿をデュマから預かり、すぐさまノディエに届けた。ノディエから送り返されてきた原稿をテロールに見せられて、デュマは、どっと涙がこみあげてくるのをどうすることもできなかった。表紙にノディエ自身がこう書いてくれていたのだ。

「わが魂と良心にかけて、私はつぎのように言明するものである。すなわち、『クリスチーヌ』は、ここ二〇年のあいだに私が読んだ作品のうちで、もっとも優れたものの一つである、と。」

このノディエのお墨付きを突きつけて、テロールは上演作品審査委員会に再審査を承諾させた。その結果、座長のサンソンが部分的に修正を加えるという条件で、満場一致で受理された。これによって、プロローグおよびエピローグ、それに場面がいくつか、さらには、新しい登場人物がひとり追加されたが、デュマはこの変更をかえって劇を充実させたとしてむしろ歓迎した。

ところが、一難去ってまた一難。今度は、主演女優のマルス嬢がクレームをつけてきた。彼女自身が述べることになっていた台詞の一部が気に入らないから削除せよ、というのだ。デュマは拒否し、マルス嬢がつむじを曲げた。そのうえ、当局の検閲に引っかかり、台詞の変更を要求された。

そうこうしているうちに、一八二八年八月には、ブローという別の人間が書いた『クリスチーヌ』がコメディー＝フランセーズの上演作品審査委員会で受理され、上演に向けて団員たちが動き出した。これによって、デュマの『クリスチーヌ』の上演はさらに難しくなるのである。

デュマの『クリスチーヌ』が日の目をみるのは、一八三〇年になってからのことだ。三月三〇日にやっと初演されるのだが、これはデュマが大幅に手を入れたもので、タイトルも、当初の『フォンテーヌブローにおけるクリスチーヌ』から『クリスチーヌ、あるいはストックホルム、フォンテーヌブロー、ローマ』となっていた。また、上演の劇場もコメディー＝フランセーズではなく、もう一つの国立劇場であるオデオン座に場所を移してであった。

一八二九年一〇月にスーリエの『クリスチーヌ』がオデオン座で上演されたが、これがまったくの失敗に終わった。前々からオデオン座の支配人からデュマに『クリスチーヌ』上演の話はあったのだが、この上演失敗を機に、話が本格化したのだった。

演劇でパリを征服

自作の上演が不首尾に終わったくらいでへこたれるデュマではなかった。というよりも、へこたれている余裕などデュマにはなかったというべきか？　なにしろ、二五歳の若さでデュマはもう二つの家の大黒柱――二家族も養わなければならない立場――になっていたから。

二つの所帯

一八二四年には、デュマは、年老いた母親をヴィレール＝コトレからパリに呼び寄せていた。この一年前、一八二三年には、アパートの隣に住む八歳年上のマリー＝カトリーヌ＝ラベーという独身女性とねんごろになり、一八二四年七月二七日には、男子を得ていた。この男子をデュマが認知するのは、一八三一年三月一七日になってからだが、この男子こそ、のちに作家となり、『椿姫』など数々の名作を残すことになるアレクサンドル＝デュマ――父親と区別して、デュマ＝フィスと呼ばれる人物――その人なのである。

まさか、愛人と母親とをいっしょに住まわせるわけにはいかない。デュマは所帯を二つ構えることを余儀なくされた。で、出費もそれだけ嵩《かさ》み、それだけ、稼がなければならないはめに陥ったのだ。

『アンリ三世とその宮廷』の執筆

『アンリ三世とその宮廷』は結局はデュマの出世作になる戯曲だが、この戯曲についても、デュマがインスピレーションを得たのはまったくの偶然による。「偶然」と「幸運」とは一生デュマにつきまとい、デュマの生涯を辿ろうとすると、二言目には、「偶然だ」とか「幸運にも」とか言わなければならない。こうした言葉の胡散《うさん》臭さにいらだって、デュマを中心に親子三代の伝記を書いたアンドレ＝モロワは、「偶然は、偶然が味方するにふさわしい者にしか味方しないものだ。誰しも日に一〇回くらいは、自分の人生をすっかり変えるようなチャンスに巡りあっているはずだ。だが、成功は、そうしたチャンスをとらえる力のある者だけに訪れるのだ」（一九五七年刊『三人のデュマ』）と、なんだか言い訳がましい物言いをしている。

さて、『アンリ三世とその宮廷』だが、勤務先の事務室でたまたま他の部署へ足を運んだとき、机の上に本が一冊開きっぱなしになっていて、その本で見たのが始まりだった。ルイ－ピエール＝アンクチル（一七二三～一八〇六）という歴史家が書いた年代記であった。一六世紀フランス、アンリ三世の治世に、国王の寵臣サン－メグラン伯爵と、国王の従兄ギーズ公爵の妻が犯した不貞が語られていた。

『クリスチーヌ』のときと同じように、デュマは早速『世界人名事典』を調べてみた。『レトワルの回想録』を参照せよ、

マリ－カトリーヌ＝ラベー

と書いてあったので、これを借りだして、ひもといた。すると、この不貞に気がついたギーズ公爵が刺客を放って、街路でサン=メグラン伯爵を暗殺したことが語られていた。

さらに、先を読むと、同じ時代の別の貴族が、妻の不貞を知った夫の謀略で、逢い引きを装っておびき出され、殺された話が載っていた。よし、この二つを組みあわせてやれ、とデュマは歴史の事実関係を無視して、大胆に考えた。これに、さらに、アンリ三世の母親カトリーヌ＝ド＝メディシスの策謀まで、デュマは加えた。こうしてできあがったのが、つぎのようなストーリーだ。

国王の母親カトリーヌ＝ド＝メディシスは密かに考えていた。

「サン=メグラン伯爵が国王の信任を一身に集めているおかげで、どうも、国王はこのごろ私の言うことを聞いてくれない。国王の後見として、この私が権勢を誇っていた摂政時代が懐かしい。少しでも昔日の権力を取り戻したい。」

こんなカトリーヌ＝ド＝メディシスの願いをいち早く察知した者がいた。ルジエリなるあやしい占星術師だ。ルジエリはカトリーヌ＝ド＝メディシスに取り入って、彼女のために謀略をめぐらす。

――どうやら、サン=メグラン伯爵は、ギーズ公爵の奥方カトリーヌ＝ド＝クレーヴと密通しているらしい。これを利用しない手はない。――ルジエリらはふたりが会う機会をたくみに作りだす。

やはり、ふたりの仲を疑っていたギーズ公爵はサン=メグラン伯爵をおびき出す手紙を妻にむりやり書かせる。サン=メグラン伯爵が逢い引きにのこのこ出かけてきたところを、刺客に暗殺させる手はずだ、とギーズ公爵はわざわざ妻に打ちあける。愛する人に刻一刻と迫る危険に、生きた心地のしないカトリーヌ＝ド＝クレーヴ。だが、彼女は、秘めたる恋が宮廷に知れては名誉にかかわると、じっと不安に耐えつづける。サン＝メグラン伯爵が逢い引きに現れる。夫の罠に落としてはならないと、カトリーヌ＝ド＝クレーヴはサン＝メグラン伯爵を慌てて窓から逃がすのだが……。はたせるかな、窓の外には、ギーズ公爵の刺客がてぐすね引いて待っていた、というのだ。

こうしたストーリーをデュマは、今度は、『クリスチーヌ』と同じ五幕劇ながら、『クリスチーヌ』のような韻文劇ではなく、散文劇に仕立てた。韻文を作るには、過去の文学の素養が深くなければならない。散文でなくては、とうていユゴーなど同時代の劇作家に太刀打ちできないとデュマは判断したのだ。

上演に向けて

『クリスチーヌ』のときの経験もあったし、なによりも、『クリスチーヌ』の一件で、ノディエとテロールというトップの信頼をデュマはかちえていた。今度は、いうなれば、地道に下から積みあげていこうとデュマは考えた。仲間内で朗読会を開いて、手応えを確かめたあと、ジャーナリストやコメディー＝フランセーズ所属の俳優たちを招いて朗読会を二回催した。いうまでもないことだが、表意文字と表音文字を併用する日本語と違って、フランス語は純然たる表音文字だ。字づらを目で追うのではなく、音読して初めて文学作品は完結する、というのが表音文字の世界の通念である。楽譜で見ただけでは音楽は分からない、実際に演奏してみなければ、というのに似ている。まして、役者が台詞を声に出して言うことを前提とした戯曲は、なおのことだ。フランスでは、戯曲の評価はもっぱら朗読することによって決められた。

そんなわけで、デュマはたびたび朗読会を開いたのだ。こうしたデュマの努力が効を奏して、しまいには、コメディー＝フランセーズの花形女優であり、なんくせをつけて先の『クリスチーヌ』をつぶしたマルス嬢までもが、『アンリ三世とその宮廷』をサポートするようになった。コメディー＝フランセーズ所属の何人もの俳優が連名で、この戯曲を上演作品審査委員会に推薦した。今度は別段条件をつけず、上演作品審査委員会はこれを満場一致で受理した。この受理の話は新聞で報じられた。配役の相談で劇場から勤め先に連絡が入ったり、上演の打ち合わせのために勤め先を留守にしたりしたことが知れて、デュマは上司のブロヴァル事務局長に呼びだされた。

「文学と秘書室勤務はとうてい両立するものではないですぞ。よろしいかな？　どちらを選ぶか、決めてもらわなければな。」

「お言葉ですが」とデュマは反論した。「フォワ将軍のご紹介で、私をお召し抱えくださいましたのは、オルレアン公爵ご自身です。聞くところによりますと、オルレアン公爵は文学を愛し、文学者を手厚く保護しておられるとのこと。そのようなオルレアン公爵が文学に手を染めたからといって、私を解雇なさるはずがございません。オルレアン公爵じきじきに解雇を申し渡されない限り、私は辞めるつもりはございません。……とは申しても、月々いただいております私のわずかの給料が、オルレアン公爵家のご会計にとって、法外なご負担ということでありましたら、即刻、給料はご辞退申しあげます。」

以後、自分の好きなように時間を使ってよいかわりに、給料は凍結する、とブロヴァル事務局長からデュマにすぐに正式の通知があった。これを受けてデュマは勤務を中断したが、年末の特別手当の支給にあたって、これ以前のまじめに勤務した九か月分についても、特別手当は払われないことになった。「文学活動に余念のないアレクサンドル＝デュマ氏の特別手当はカットする」と、オルレアン公爵直筆の但し書きが添えられていた。

オルレアン公爵のはからいもあって

こんなことがあったので、デュマは上演初日の前日、オルレアン公爵に謁見を願いでた。新聞で報じられたこともあって、デュマの名前を知っていたオルレアン公爵は快く願い出に応じた。

「是非とも公正なご判断をお願いいたしたく、まかり越しました。」

「ほう、どんなことかな?」

「明日は私の書きました『アンリ三世とその宮廷』の初日でございます。」

「そうであったな、知っておるぞ。」

「秘書室での私の勤務と私の文筆活動について、私の申し開きをお聞きにならずに、殿下は上司の讒言《ざんげん》をお信じになりました。もう少しご判断を先に延ばされてもよろしかったのではないでしょうか? 明日、私は観客の前で裁かれます。その裁きの場に是非ともご臨席たまわりたくお願いいたします。」

いかにも落ち着いたデュマの物腰を見て、オルレアン公爵は答えた。

「なるほど、願い出の向きは分かった。だがな、明日は、諸侯や諸侯の奥方たちを二、三〇人夕食に招待しておるのじゃよ。」

「では、夕食の時刻を繰りあげてくださいませ。私は上演開始時刻を繰りさげさせます。充分時間をかけて夕食をご堪能なさったあとで、お客さまがたがお芝居を味わわれるというのも一興かと存じます。」

「それは妙案だ。早速テロールに伝えるがよい、一階正面席は全部わしが予約するとな。」

こうして、一八二九年二月一〇日、『アンリ三世とその宮廷』上演の初日が訪れ、オルレアン公爵臨席のもと、上演は大成功に終わった。この大成功を新聞各紙がこぞって書きたて、デュマは一夜にして「パリじゅうの注目の的」（『回想録』）となった。

翌日には、六〇〇〇フラン（いまの日本円で七〇〇万円見当）で戯曲の出版権を買いとりたいという話が出版社からあった。ヴザールという出版社と、二月一七日には出版契約が整った。この同じ初演の翌日、当局の検閲によって上演禁止となったが、オルレアン公爵みずからが国王に取りなしてくれて、上演禁止は解除になった。以後も、いっこうに客足が遠のく気配がなく、上演回数は三八回を数えた。出版された戯曲も順調に版を重ねた。この『アンリ三世とその宮廷』の大成功によって、アレクサンドル＝デュマは劇作家としての揺るぎない地位を確立したのである。

III　デュマはなぜ成功したか

人間存在の本質的変革

嘘のようなサクセス＝ストーリー　デュマが出世したのはたいへん結構だが、そんなにとんとん拍子に事が運ぶなんて、どうも腑に落ちない。なんだか眉に唾をつけたくなるような話じゃないか！

と、まあ、ここまで読んでこられた読者は、きっとこんなふうにお感じだろう。それも、しごくごもっともなことで、デュマの評伝を書く誰しもが、話がうますぎて、脚色過剰などと、読者からあらぬ疑いをかけられはしまいかと、心配になるのである。そんなことから、すでに見たように、デュマのサクセス＝ストーリーを書きながら、アンドレ＝モロワは「成功は、（……）チャンスをとらえる力のある者だけに訪れるのだ」と、苦しまぎれに能力主義を打ちだしているわけだ。

確かに、デュマの能力は並大抵のものではなかったが、別の観点からすれば、デュマに能力があったからというよりも、まず何よりも時代がよかったから、といえるのだ。もっと正確にいえば、時代がデュマのような人間を招きよせた、ということだ。

いったいどういう点で、デュマのような人間を時代が必要とし、デュマのような人間に、時代はエールを贈ったのか？　それをこれから、いろいろな角度からみていくことにしよう。

デュマの成功は、遠因を辿れば、デュマの父親のサクセス＝ストーリーとまったく同じ原因に行き着く。つまり、フランス革命に。

ポストーレヴォリューションの人間存在

フランス革命とは何だったのか？

煎じつめれば、貴族階級や教会から封建的特権を剝奪《はくだつ》するとともに、生まれながらの身分から人間を解き放った改革といえる。それ以前のアンシヤンーレジーム、旧体制では、基本的には、貴族の子は貴族、農民の子は農民、仕立屋の子は仕立屋、パン屋の子はパン屋……、人はその生まれによって規定される存在だったのだ。人類学者マルセル＝モースによれば、人間を表す、英語でいえば person、フランス語でいえば personne はもともと、ラテン語の persona、「それを通して声が響くもの」、つまり、祭礼用の「仮面」であった。祭礼につける世襲の仮面が人間そのものである。こういった集合的人間観から出発して、現代の人間、それ以上分割することのできない、行動と知的活動を統轄する意識、一個の道徳的主体としての人間が確立したのは、意外に遅く、一八世紀のカント、フィヒテにおいてであった（一九三八年ロンドン刊『王立人類学研究所紀要』収載論文「人間精神の一つのカテゴリー――『人間』という概念、『自我』という概念」）。

そして、これを政治・社会の面で現実のものとしたのが、フランス革命であった。革命期に、身分による規定が一度完全にご破算になって、人間は「……である」のではなく、「……になる」存在、すなわち、自分で自分のアイデンティティーを創りださなければならない存在となったのだ。

「戦後焼け跡世代」とか、「七〇年安保世代」とか、「しらけの世代」とか、現代でも（日本だけでなく、世界的に)、ともすれば、世代ごとに人間をひと括りにして規定しようとする傾向があるが、こうした「世代」の概念が初めて人間を支配するようになったのが、フランス革命の時代であったといわれている。これは、フランス革命期に、それまで人間を規定していたものが崩れてなくなってしまった証左ともいえる。

こうしたアイデンティティーの喪失、あるいは、こうしたアイデンティティーの喪失を前提としてしか、ポストーレヴォリューションの時代には社会が成りたちえなくなったことを、みごとに示した文章がある。フランス革命が終結したあと、一八〇〇年に亡命先からパリに戻ったシャトーブリアン(一七六八~一八四八)は、革命後のフランス社会のもようを『墓の彼方の回想』(一八四九~五〇)でつぎのように描きだしている。

「なにもかもがごちゃ混ぜになった状態が奇観を呈していた。型どおりの変装をして、多くの人が自分でない人物になりすまし、各々が偽名や借り物の名前を首のところにぶらさげていた。それは、カーニヴァルのとき、ヴェネツィアの人々が、私は仮装していますよと人に知らせるために、手に小さな仮面を持つのに似ていた。」

人間が「変装をして」いることを前提とした社会。それまで人間を規定しているかに見えた「仮面」が「仮面」でしかないと衆人の知るところとなった時代。人間はほんとうは誰だか分からなくなってしまったのである。自分が誰だかを言いうるためには、「仮面」に頼らず、自分の素顔を、いや、素顔だけでなく、身体自体を創らなければならなかったのだ。

「近代」のエピステーメー

「身体」と「欲望」の時代

ミシェル＝フーコーによれば、一八世紀の終わりから一九世紀にかけて、「知」の深層構造（フーコーの言葉ではエピステーメー）ががらっと変わった。それ以前の「古典主義」のエピステーメーでは、不在の神あるいは絶対君主を仮想の表象主体として成りたつ表象空間のみが実在で、人間を含めた現実の事物は、この表象空間に位置づけられる限りにおいてしか存在しなかった。これを端的に特徴づけるのが、例えば、自然科学における博物学の発想であった。視覚による形態の類似・特質によって分類され、すべては分類表のなかに位置づけられていた。

これに対して、一九世紀のいわゆる「近代」のエピステーメーでは、生身の体と欲望をもった人間が表象主体として立ち現れる。このような人間にとって、世界は分類表に収まるものではなく、観察・分析によってその構造を解きあかすべき有機体となる。自然科学でいえば、これは、ジョルジュ＝キュヴィエ（一七六九～一八三二）が比較解剖学によって切り開いた生物学の発想に顕現する、というわけである（一九六六年刊『言葉と物』）。

人間が自己のアイデンティティーを創りだすとは、同時に、世界を絶えざる観察と経験によって有機体として構築していくことであった。

このような深層構造に対応する表層の現象が展開するのが、社会の営みの面では、近代市民社会と呼ばれる枠組みであった。フランス革命期に起こった脱キリスト教現象のために、とくにデュマの世代は、宗教的規範によって欲望が縛られることがなかった。金銭欲、出世欲、支配欲、性欲、食欲……。自己の欲望にしたがって自己実現をはかるために、自由に競争を営む社会。それが近代市民社会のアーキタイプであった。社会学の古典的名著とされる『社会学の根本問題』（一九一七）でゲオルク゠ジンメルは、人間をみな同じであるとする「単一性の個人主義」と、人間ひとりひとりの差異に着目する「唯一性の個人主義」の両者があいまって、競争と分業という近代の経済機構を支える二大原理が生まれたとしている。人間の自己実現もまたこの二大原理にのっとって展開するのだ。

デュマのような地方出身の青年がパリに出て立身出世を遂げる話は一八三〇年代以降、近代小説のメイン‐テーマの一つとなる。『赤と黒』（一八三〇）のジュリヤン゠ソレルしかり、『ゴリオ爺さん』（一八三五）や『幻滅』（一八四三）以下七編以上の小説に登場し、ついに内務大臣の地位にまで昇りつめるラスチニャックしかり。この時代の「モラル」を『幻滅』のなかで、ヴォートランが青年リュシアン゠シャルドンにいみじくもつぎのように説いてきかせる。

「フランスの社会はもうほんとうの神など崇めはしないよ。フランスの社会が崇めるのは金銭だ！　これがフランスの憲法の根幹にある宗教だよ。だから、政治を行ううえで尊重されるのは私有財産だけだ。そうなると、国民みんなにこう言っているようなものじゃないかね。一生懸命にがんばって金持ちになれ、と。」

一八二〇年代の社会の特質

このようなマクロの鳥瞰図から、いまここでデュマが生きている、ミクロの一八二〇年代に目を移せば、一八二〇年代には、若者のサクセス＝ストーリーには、さらに好都合な社会的状況があった。

G＝ド＝ベルチエ＝ド＝ソヴィニーが『王政復古の時代』（一九五五）のなかで、興味深い数字を提示している。

まず、一八二三年パリに出るなり、デュマは、コネがあったとはいえ、いともあっさりオルレアン公爵家の秘書室へ就職を決めているが、この時代、官公庁やオフィスへの就職は若者にとって、まだ比較的容易であった。これが激戦になるのは、一八三〇年以降である。ベルチエ＝ド＝ソヴィニーは例として県知事の年齢構成の推移を挙げている。いわく、一八一八年には県知事のうちで五〇歳以上の者の割合が一五パーセントにすぎなかったのが、一八三〇年には五五パーセントに増えている。革命期、帝政期、王政復古期と、どんどん若者が上級のポストに就いたのはいいが、そのまま居座って歳を取り、一八三〇年代に入って就職戦線の停滞がはなはだしくなったというのだ。

つぎに、才能があるとはいえ、なぜいともたやすく、デュマのようなずぶの素人の戯曲が、フランス演劇の総本山たるコメディー―フランセーズで上演されることになったのか？

これについても、ベルチエ＝ド＝ソヴィニーは驚くべき数字を挙げている。今日、われわれは人生八〇年などとのんびり構えているが、当時は人生四〇年以下だったのだ。水準が低いだけに、当時は、栄養の良否と衛生の状態が決定的な因子となっていて、経済的に恵まれれば恵まれるほど寿命は長かったし、逆の場合には、極端に短かった。だから、貧富の差によるばらつきはあるにしても、一八二六年の数字で、標準的フランス人の寿命はなんと三六歳であった！　それに、人口分布の点からすると、同じ一八二六年の数字で、なんと、総人口（一八三〇年の数字で三二四〇万人）の六七パーセントが四〇歳未満の人口であった！

こんなしだいだから、一八二七年の時点で、一七八九年のフランス革命勃発時に二〇歳に達していて、アンシヤン－レジームの記憶がしっかり頭に残っていたのは、全人口の九分の一にすぎなかったということなのだ。要するに、社会を構成する人間の入れ替わりが想像を絶する速さで行われていたのだ。ここに、世論の急激な変化の、最大の原因があるとベルチエ＝ド＝ソヴィニーは指摘している。

いや、ちょっと待てよ。この時代の前はもっと栄養状態が悪く、衛生状態も劣悪なはずで、人はもっと早死にで、もっと社会の構成員の入れ替わりは激しかったのではないか？

ところが、である。アンシヤン－レジーム下では、すでに見たように、教会が精神生活を、厳しい社会制度が物質生活をがんじがらめに縛っていたのであって、人々は一〇年一日どころか、数世代前のご先祖さまと同じ生活を判で押したように繰り返していたのだ。

社会のタガがゆるみ、世論が社会を創っていく時代になって初めて、構成員の入れ替わりの速さは社会の急激な変化を生むことになるのである。世論とは何か？　もっとも単純にいって、世界表象の主体となった個人がどのように社会をとらえるか――その総和、もしくは、最大公約数である。この基礎には、むろん、フランス革命のごく初期の段階で「人権宣言」が打ちだした、自由、平等、主権在民などの近代市民社会の基本的なルールがある。

こんなわけで、政治学者カール＝シュミットは一九世紀になって、それまでの超越存在としての神に替わって、「歴史」と、もう一つ「人間の共同体」が新たな「造物主《デミウルゴス》」として登場すると述べている（一九二五年刊『政治的ロマン主義』）。

ひとりひとりばらばらになった個人の集合体、つまり、不特定多数は政治の分野に限らず、芸術の分野でも「造物主」となる。それまで、芸術は貴族をはじめとするごく少数の特定の人間たちのために創られていた。だが、貴族たちが没落し、芸術家が特定のパトロンを失うと、彼らは、一般大衆、すなわち、不特定多数のために創作を行うことになる。今日に近い芸術の受容形態が現出するのである。そして、そこでは、不特定多数の動向をいち早くキャッチしうる、鋭いアンテナをもつ者だけが成功したのだ。

近代文学の起源としての暗黒文学

民衆の娯楽、演劇

今日、デュマはもっぱら小説家として知られており、デュマがまず劇作家として名声を得たことを知るのは、ごく一部のデュマ＝ファンに限られる。そんなまだるっこい迂回などせずに、どうして、最初からデュマは小説にアタックしなかったのか？

理由は簡単である。後述するように、一八二〇年代には小説はまだ文学ジャンルとして未成熟で、芥川賞（フランスなら、ゴンクール賞）を受賞して一夜明ければ、マスコミの寵児、という現代とはわけが違った。名声とお金を一挙に手に入れ、文学者としてステータスを獲得するには、劇作家になる以外になかったのだ。ベルチエ＝ド＝ソヴィニーが引用する一八三二年の「世界統計学会」の推定によれば、フランスの識字率は全人口の七分の二ということである。こういう時代にあって、受容者として、最大の不特定多数をかかえることができるのは何をおいても、見て分かる、聞いて分かる、演劇であった。王政復古期に入ってまもない一八一六年、のちに「パリ王立科学協会」のメンバーになる劇作家のオーギュスタン＝アプデ（一七七四〜一八三九）は『首都の大小劇場』と題する著作のなかで、すでにつぎのように指摘している。

「職人はまったく字が読めない。まだ当分のあいだは、おそらく彼の神殿は劇場であろう……。

デュマ　劇作家として名声を得たころ

すべからく、道徳を劇の筋に仕立てて、彼に与えるべきだ。そうすれば、民衆の劇場は、公共の役に立つ目的をもつことになろう。そのときこそ、長いあいだ激昂のあまり錯乱し、道を踏みはずしてきた民衆は、再び分別ができ善良になり、道徳を取りもどすことだろう。そのときこそ、民衆は彼自身にふさわしいものに、そして、彼の戴く王にふさわしいものになるだろう。」

　では、低所得者でもたやすく払えるくらい、当時の劇のチケットは安かったのか？　例えば、デュマがパリに来て最初に見たメロドラマ『吸血鬼』。連日連夜、大入り満員を記録したことはすでに記したが、このチケットは一階立ち見席で一フラン五〇サンチーム、一階オーケストラ席で二フラン五〇サンチームだった。当時の平均的労働者の日給は男性で二フラン、女性で一フランだった。一フラン五〇サンチームというのは、誰しも、まあ、ちょっとお金を貯めれば、払えないことはない金額だった。おまけに、この『吸血鬼』を上演したポルト＝サン＝マルタン劇場の収容人員は——ニコル＝ヴィルド著『一九世紀フランス劇場事典』（一九八九）が引用する一八二四年の『演劇年鑑』によれば——、驚くなかれ、一八〇三人であった。新聞連載小説によって、「産業文学」が誕生するまえに、すでに、演劇の分野では、薄利多売による大量消費が行われていたのだ。

演劇ジャンルの自由化

　芝居見物は民衆にとって唯一最大の娯楽だったわけだが、民衆が芝居見物としゃれこむようになったのは、やはり、フランス革命がきっかけだった。想像に難くないことだが、フランス革命以前は、劇場によって上演できる演劇のジャンル、様式、規模などが事細かに決まっていて、すべての劇場はコメディー＝フランセーズを頂点とする、厳密なヒエラルキーに組みいれられていた。ところが、フランス革命をきっかけにこのヒエラルキーがもののみごとに崩れることになる。

さらに、劇場がアナーキーになるだけならまだしも、上演作品そのものがアナーキーになった。それというのも、上は革命政府が事あるごとに組織した「革命祭典」における仮装パレードから、下は街角の即興劇にいたるまで、革命の血腥《なまぐさ》いシーンをすぐさま虚構に仕立てて演じてみせたのだ。また、一方では、現実のギロチンによる処刑に、民衆はお祭り騒ぎで見物に押し寄せた。ジャン＝ポール＝ベルトー著『フランス革命』（一九七六）によれば、恐怖政治時代にギロチンの露と消えた犠牲者はほぼ四万人と推定されるとのこと。虚構と現実が民衆の哄笑《こうしょう》のなかで入り乱れ、溶けあい、倒錯と混沌のカーニヴァルが、革命の巷をほとんど恒常的に支配していたのだ。

この革命期をさして、作家のナルドゥーエ伯爵夫人は「誰もが身の毛のよだつ場面を目のあたりにしたか、あるいは、身をもって体験したといってもいい時代」（一八一八年刊『バルバランスキー、あるいは、ヴィッセグラーデ城の山賊たち』収載の「コメント」）と述べている。

こうした倒錯と混沌の血塗られたカーニヴァルから、グロテスクきわまりない演劇が生まれた。この演劇はそれまでのどのジャンルにも収まらないので、苦しまぎれに「会話付きのパントマイム」などと矛盾にみちた呼び方をされ、やがて、「メロドラマ」と呼ばれるようになった。

メロドラマとは何か

そもそもメロドラマというのは、一七世紀イタリアに源を発するとされている。「音楽」とか「歌」とかを表す「メロ」(メロディーの「メロ」と同じ)とドラマがいっしょになった語で、一七世紀イタリアの「メロドラマ」は台詞を全部メロディーに乗せて歌ったという。「メロドラマ」という語は、一八世紀にフランスに入り、台詞を歌うのではなく、場面の展開や登場人物の動きを音楽が強調する演劇をさすようになった。それが、フランス革命期に既成のジャンルに収まらない演劇を総称してメロドラマと呼ぶようになったのであり、こうした演劇の傾向からして、その後、ナポレオンの時代、王政復古期を通して、恐怖演劇の代名詞となったのだ。後述する暗黒小説もそうだが、メロドラマも、モーリス＝アルベールやアリス＝M＝キーレンの先駆的な研究(一九〇二年刊アルベール著『一七八九年から一八四八年にいたるブールヴァール劇場』は資料調査も綿密で評価に値するが、一九二四年刊一九六七年復刊キーレン著『ウォルポールからアン＝ラドクリフにいたる恐怖小説または暗黒小説とその一八四〇年までのフランス文学への影響』は物語の筋書きと思いつきの羅列で、先駆的な価値を別にすれば、研究書としては相当程度が低い)を除けば、一九七〇年前後に本格的に研究されはじめたにすぎない。それまでは、いわば、サブーリテラテュアとして貶《おとし》められ、文学史の脇に追いやられていた。暗黒小説はモーリス＝レヴィの博士論文『一七六四年から一八二四年にいたるゴシック＝ロマンス』(一九六八年刊)、メロドラマはジャン=マリ=トマッソーの博士論文『「ケリナ」（一八〇〇）から「アドレの宿屋」（一八二三）にいたる、パリの舞台におけるメロドラマ』（一九七四年刊）を契機に脚光を浴びるにいたった。

だが、当然ながら、暗黒小説とメロドラマを別々に研究したのでは、当時の実状にそぐわないし、何よりも、ロマン派の文学をはじめとする後の文学に対するそのインパクトの実体がぼやけてしまう。とりわけ、ここで扱っているデュマのような作家――それは、またユゴーについてもいえるのだが――、すなわち、戯曲と小説をまたにかけて活動した作家へのインパクトが分からなくなってしまうのだ。表現形式こそ違うが、物語の構成要素とテーマの点では、暗黒小説とメロドラマはまったく共通しているのである。この両者を統合して暗黒ジャンル、ないしは暗黒文学と呼ぶ必要のあるゆえんだ。

暗黒ジャンル元年

アン=ラドクリフ以降の英国ゴシック=ロマンスは、フランス革命がヨーロッパの精神世界に引き起こした強い動揺を色濃く反映している。これはモーリス=レヴィの卓見だが、こうしたフランス革命の波動を逆輸入して、アン=ラドクリフ以降の英国ゴシック=ロマンスをまねることから、フランスの暗黒小説は出発した。

模倣は二、三〇年のあいだ飽きもせず続くが、一方では、すぐにも、これを独自の世界に同化する作家も現れた。そのチャンピオンが、すでに見たように、ユゴーも少年時代に心酔したフランソワ=ギヨーム=デュクレ=デュミニル（一七六一～一八一九）であり、そのエポック=メーキングな小説が『ケリナ、あるいは謎に包まれた子』（一七九九）であった。この小説を翌年、こののち三〇年以上、メロドラマ界に君臨することになるメロドラマのチャンピオン、ルネ＝シャルル＝ギルベール＝ド＝ピクセレクール（一七七三～一八四四）が三幕メロドラマに仕立てた。これが爆発的な人気を得、かつ、驚異のロングランを実現した。『ピクセレクール演劇選集』第一巻（一八四一）収載の『ケリナ』についての解説で、ポール＝ラクロワ（一八〇七～一八八四）はつぎのように記している。

「『ケリナ』は英語、ドイツ語、オランダ語に訳され、三〇年間に、パリで三八七回、地方で一〇八九回上演された。その上演はいつも変わらぬ大当たりを取るのだ。」

小説『ケリナ』のほうはどうかといえば、キーレンが引用するフィリベール＝オードブラン著『一九世紀の自由業と小説家』（一九〇四）によれば、「執政時代、第一帝政、百日天下を挟んだ両王政復古期を通して、（……）『ケリナ、あるいは謎に包まれた子』は少なくとも一二〇万部は売れた」とのことだ。これはあまりにも荒唐無稽だが、マックス＝ミルネールが『ロマンチスムⅠ　一八二〇～一八四三』（一九七三）で引用している一八四七年の「両世界評論」誌の数字「一〇万部」でも、当時の識字率などを考えると、「天文学的な数字」（ミルネール）といえる。

小説とメロドラマのいずれも、発表当時の爆発的な人気と、その後の人気の三〇年にわたる持続は特筆に値する。この小説『ケリナ』のメロドラマ化の年、一八〇〇年をもって、暗黒ジャンル元年としうるのである。以後、多くの作家が暗黒小説を、多くの劇作家がメロドラマを大量に生産し、暗黒小説とメロドラマは、物語の構成要素を共通の巨大な貯蔵庫に蓄えて、相互に利用しあいながら発展を続ける。第一帝政期に一時やや下火になるが、一八一四年に始まる王政復古期に暗黒ジャンルは再び勢いを盛り返し、その後は、ロマン派の文学運動へと流れこむ。だが、ここで暗黒ジャンルは役割を終えるのではない。さらに本格的な大量消費のメディアへと引き継がれ、この暗黒ジャンルこそ、今日の大衆芸術の礎を築くのである。つまり、暗黒小説は探偵小説、サスペンスなどの大衆小説の基礎を築き、メロドラマは、二〇世紀になって映画に採りいれられ、映像のメロドラマとして隆盛をきわめることになるのである。

そして、むろん、これからつぶさに見ていくことになるのだが、そうした歴史の中継ぎ役に、デュマの戯曲があり、小説があるのだ。このような形に、既存の文学史を書きかえなければ、一八世紀末から一九世紀にいたるフランス文学の流れは見えてこないのである。

暗黒ジャンルのテーマ

暗黒ジャンルとはいったいどのような内容のものなのか？　一言でいってしまえば、ポストーレヴォリューションの人間存在をもっとも端的に表した文学といえよう。表面的には、殺戮、略奪、殺人、窃盗、誘拐、監禁、詐欺……、ありとあらゆる犯罪のオンパレードが筋立てを、これらの犯罪の加害者と被害者、および、それぞれの援助者が登場人物を構成する。人間は結局はみんな善人、人間性を信じよう、などという楽観的な人間観は微塵もない。人間が分からなくなってしまったことを前提とする物語。人間の内部に不可知の暗黒があって、そのエネルギー──「暗く激しい熱情」（ピクセレクール作一八一八年初演三幕メロドラマ『ベルベデーレ、あるいは、エトナ山の火口』第二幕第一四場）──に突き動かされた人間は「どんなことでもしてしまう」（シャルロット＝ブールノン－マラルム著一八二一年刊『ミラルバ、あるいは、山賊の頭』第一巻）、「どんな美しい行為もどんな常軌を逸した行為もなしうる」（ピクセレクール作一八〇三年初演三幕メロドラマ『ポーランドの炭坑』第一幕第一場）のだ。

このような人間の不可知性──その根本には、むろん、すでに触れた、「近代」における人間のアイデンティティーの喪失があるが──を暗黒ジャンルは、さらに、登場人物たちの絶え間ない変装によっても表現する。登場人物が変装をしたり、身分を偽ったり、あるいは、正体不明であったりしない暗黒小説もメロドラマも、おそらく皆無といって過言ではないだろう。

犯罪の加害者と被害者、および、それぞれの援助者が登場人物を構成すると書いたが、これらの登場人物たちが加害者グループと被害者グループの二つに分かれて、情報戦争を展開するのが、暗黒ジャンルのプロットの骨子だ。すなわち、質と量──とくに質──において勝った情報をタイミングよく手に入れたほうが優位に立つのだが、この優勢と劣勢の関係が、立ち聞き、密告、偶然の出会い、思いちがい……などが頻繁に起こることによって、両グループのあいだでめまぐるしく入れ変わるのである。この間、読者あるいは観客は始終、ハラハラ、ドキドキのしどおし。いやが応でも、本あるいは舞台に釘付けになるのだ。

しかも、古典劇では、悲劇と喜劇は峻厳に分けられていたが、メロドラマはこの両方の要素をあわせもつ（そして、暗黒小説も、小説という本来規定のない自由な分野でありながら、一八二〇年ごろには、なんと、悲劇と喜劇の両方の要素をあわせもつとして、非難されている）。道化に近い人物と笑いの筋立てが登場し、深刻な情報戦争に、喜劇の要素を惜しげもなく散りばめるのだ。

加害者グループの中心人物は、もちろん、権力、財力ともに恵まれた強者（山賊の頭領とか、悪徳貴族とか、近代市民社会を舞台にしたルイ＝シャルル＝ケニエなどのメロドラマでは、悪徳商人、悪徳企業家）であるが、こうした強者が、あくなき金銭欲、権力欲、そして、人並みはずれた性欲を満たすため、被害者グループを迫害する。被害者グループの中心人物は、言うまでもなく、身も心も美しく、往々にして生まれの高貴な、若いヒロイン。ヒロインを助けるヒーローも必ずといっていいほど現れ、ヒロインと恋仲になるが、このヒーローが強い場合と弱い場合、頼りになる場合とならない場合、ヴァリエーションがいろいろある。

読者あるいは観客は、意識の表面では、善玉である被害者グループに自己同一化をしてハラハラしながら、精神の暗黒部分では、思うさま、悪玉である加害者グループに同化して虐待の快楽を満喫できる。さらには、無意識のうちにその両者を自在に切り替えて楽しむこともできるのだ。まさしく、サドマゾあい入り乱れての、心の高揚に身を任せる読書体験、芝居見物となるわけだ。

それに加えて、サドマゾ的倒錯の合い間に、すさまじい勢いで、ドンドン、パチパチ。戦闘場面がこれでもかこれでもかと繰りひろげられる。登場人物は泣き叫び、のたうち回り、所狭しと殺しあい、死体が投げだされ、ひどい場合は切られた腕がすっ飛ぶ。「いかに多くの死人や瀕死の者を登場させるかで、称賛を集めている」（一八二一年刊『夜の幽霊』序文）と、メロドラマ作者のことをP＝キュイザンが皮肉っているほどだ。

古典悲劇では、戦闘場面は登場人物の台詞によって報告され舞台に上がらないのが規則である。これとメロドラマとの違いはまさしく決定的なのだ。古典主義時代のエピステーメーでは、現実は表象空間に位置づけられてしか存在しない。人間の肉体のエネルギーの発散とぶつかりあいは、言葉によって、表象空間に閉じこめられなければならなかった。これに対して、「近代」のエピステーメーでは、人間は欲望と身体をもった存在として表象空間の外に置かれる。流血の事件を舞台に載せるとは、とりもなおさず、人間が切れば血の出る存在であること、身体をもった存在であることを如実に示しているのだ。

「わが親愛なるシェイクスピレクール」

このような人間が主体として表象する世界は、現実の世界に限りなく近い。メロドラマでは、戦闘場面で、舞台に本物の馬を登場させたり、本物の大砲を引きずりだして空砲をぶっぱなしたりもした。一八二七年にイギリスの劇団がパリでシェイクスピアを上演し、ありのままの人間の感情表現、度を越したリアリズムを見せつけ、デュマも感動したひとりだが、このシェイクスピア演劇のどぎつさはすでにメロドラマのなかで充分実現されていたといわなければならない。

面白いエピソードがある。「手紙のなかで、シャルル＝ノディエは、しばしば、ピクセレクールを、わが親愛なるシェイクスピアとか、わが親愛なるシェイクスピレクールと呼んでいた」（一九〇九年刊アンドレ＝ヴィレリ著『ルネ＝シャルル＝ギルベール＝ド＝ピクセレクール』）とのことだ。初期ロマン主義運動のリーダーであるシャルル＝ノディエが、メロドラマのチャンピオンであるピクセレクールと親しく、かつ、ピクセレクールのなかにシェイクスピアを見ていたという事実はこの上なく興味深い。

このように、欲望を野放図に長時間にわたって全開にしたあと、暗黒ジャンルは欲望の収拾、秩序の再構築も忘れない。大団円では、悪玉グループは敗北し、善玉グループは幸福を勝ち得る。メロドラマでは、往々にして、ヒロインとヒーローの婚礼の宴が催され、村人たちの祝いの歌や踊りでにぎやかに幕を閉じる。大団円で、大がかりなバレー団まで登場し、にぎやかさにいっそうの華やかさ、豪華さを添えることもある。一般大衆が喜びそうなことはなんでもやってのけるというのが、メロドラマのポリシーであり、それこそが、近代市民社会の娯楽ナンバーワンとなった鍵である。

陰謀と殺人に基礎を置いた筋立てといい、人物の陳腐でおおげさな感情表現といい、デュマの組みたてる劇は、メロドラマに限りなく近かったのだ。その生来ともいえるドラマチックなプロットの構成力（もちろん、父親の冒険譚に心おどらせて育った幼年期の感性の鍛錬もあずかるところが大いにあったはずだが）はメロドラマに、さらにプラスアルファの面白さと、それと裏腹の、崇高さを与えた。それが、デュマの成功の理由といえるのだ。

Ⅳ 小説家への飛躍

個人的な体験を戯曲に

メロドラマは、ルイ＝シャルル＝ケニエの作品を頂点とする現代劇も数多くレパートリーに収めていたが、こうした下地があったればこそ、観客は現代劇を望んだ。それを持ち前のアンテナでとらえたデュマは、歴史劇『アンリ三世とその宮廷』の大成功をバネに、いよいよ現代劇に挑戦することになるのだ。そうはいっても、もう一つの個人的な要因もけっして無視はできない。メラニー＝ヴァルドールとの恋――現代日本のマスコミ用語でいえば「不倫」（当時のフランスでは「姦通」というりっぱな犯罪）――である。

「不倫」体験

メラニー＝ヴァルドールとは、いったいどういう人物だったのか？『メラニー＝ヴァルドール宛アレクサンドル＝デュマ書簡集』（一九八二）の「序文」で、校訂者のクロード＝ショップが容貌についていろいろ情報を集めている。デュマ自身の言では、「美しいなどとはとても言えたものではない」（『回想録』）。彫刻家ダヴィッド＝ダンジェの手になるメダルの浮き彫りでは、それほど美しく描かれてはいない。挿絵画家ガヴァルニが一八三七年に制作したリトグラフの肖像が残っているが、このリトグラフでは、一応「ロマン派的美の基準を満足させる」容貌。このほか、かなり痩せていたらしく、ユゴーがまるで「幽霊」のように痩せた人だと言ったとのこと。

まあ、容貌は大したことはなかったようだが、女流詩人のデボルドーヴァルモールが「恋と哀しい熱情にかられた、かわいそうな女性」と評していることからしても、どこかメランコリックな暗い影の漂う魅力があったのかもしれない。

一七九六年生まれだったから、デュマより六歳年上で、デュマと知り合いになった一八二七年には三一歳。もう、これより七年も前から人妻だったが、この間、夫とはほとんど別居状態が続いていた。新婚三か月が過ぎると、陸軍中佐であった夫は部隊に復帰したが、メラニーは夫に従って任地に赴くことはしなかった。やがて、女の子を出産するが、このエリザという娘といっしょに、パリの自分の両親のもとで暮らしていた。

父親はかなりのインテリで、自宅に毎晩、文学者や学者や芸術家を招いてサロンを開いていた。一八二七年六月三日、デュマは初めてこのサロンに顔を出すのである。

別居とはいえ夫に操を立てる貞淑な妻メラニーは、しつこく口説くデュマの情熱に三か月も抵抗した。相手がデュマだけに、それは大変な抵抗だったはずだが、ついに九月二三日陥落し、デュマと初めて関係を結ぶのである。どこかそのために部屋を取って、あるいは、辻馬車のなかで……、などとショップは余計なことを書き添えている。

メラニー＝ヴァルドール

そのあとが、どうもあやしい。なんだか、デュマが無理に自分を追いつめて、マゾヒスティックな喜びに浸るとともに、社会に刃向かうロマンチック＝ヒーローを自ら好んで演じた可能性が高いのだ。

ヒロイックな生き方そのもの

どういうことかというと、まず、デュマにしてはめずらしく、嫉妬に身を焦がし、そうした自分をことさら相手にさらけ出している。あまり魅力もないはずのメラニー＝ヴァルドールにデュマが入れあげたのは、ひとえに、この女性が人妻だったから、とでも勘ぐりたくなるくらいだ。

ショップが一八二七年九月末または一〇月初めとしている、メラニー宛の手紙でデュマは、例えば、つぎのように書いている。

「あなたも嫉妬することがあるとは！　ぼくはなんて幸福なのでしょう！　ついに、あなたはぼくを理解してくださった。嫉妬とはどういうものかがあなたは分かった。だから、いまこそ、愛するとはどういうことかがあなたに分かるのです。（……）なんて愚かだったのでしょう、宗教を創始した者たちが、地獄を肉体的な苦痛の場としたのは。（……）ぼくにとっての地獄とは、あなたがぼく以外の男の腕にずっと抱かれているさまを思いうかべることなのです。なんと呪わしい想像でしょう。犯罪を引き起こしかねない想像です。（……）」

「犯罪を引き起こしかねない想像」というのは、穏やかではない（後述するように、戯曲『アントニー』では男女関係のもつれからほんとうに犯罪が起こってしまう設定になるのだが）。ここに籠められた反社会性は、そのまま、既存の道徳、人間社会への反逆に結びつく。ショップが一八二七年一一月と推定する、デュマのメラニー宛の手紙を見てみよう。

「この世の中とその掟、いつだって個人が個人の幸福を犠牲にして社会にみじめな譲歩を強いられること、そんなことをぼくはあなたに話しました。そして、ぼくは、そんな世の中を呪い、そんな世の中から自由になれる人間がいたら、なんて幸せな者だろうと言いましたが、ぼくが間違っていたとお思いですか？　文明国においては、国民全体に対しては自由というものがありえても、個人個人に対してはまったく自由はないのです。周囲すべてに、山ほど小さい譲歩を繰りかえす。すると、しまいには、そうした山ほどの小さい譲歩が、時間が経ち習慣化することによって、義務という名を得て重くのしかかるようになります。そうなると、その義務とやらを怠ろうものなら、断罪の憂き目にあうのです。」

生身の身体と欲望をもった個人――前章のわれわれの視点からすれば、ポストーレヴォリューションの人間存在――にとって、いかに社会が束縛となるか。これを、近代人デュマは、「姦通」という反社会的行為によって身をもって体験し、個人の欲望の充足、個人の自己実現を妨げる社会に反旗を翻しているのだ。

これは、当時流行のヒロイックな生き方そのものだった。ノディエたちのメロドラマ『吸血鬼』の種本は、イギリスのポリドリ作の中編小説『吸血鬼』（一八一九）だったが、このフランス語訳の初版が――おそらく出版社の戦略で――同じイギリスの詩人ジョージ＝ゴードン＝バイロン（一七八八～一八二四）作とされたものだから、バイロンは人の生き血を呑むそうだなどという伝説が生まれた。それほどの奇行と反社会性をバイロン、より正確にいえば、バイロンのイメージはもっていた。社会に背を向けた主人公が活躍する『チャイルド＝ハロルドの遍歴』（一八一二～一八）はイギリス、フランスはもとよりヨーロッパじゅうの若者たちのバイブルだった。バイロンは、ロマン派の反逆児の名をほしいままにしていたのだ。デュマはバイロンを気取ったと言ってしまえば、事は簡単だ。

だが、デュマの真骨頂は、バイロンを気取るだけでなく、それを劇作に仕立てたことにある。食べた物はなんでも栄養にしてしまう（だから、のちにデュマは際限もなく肥満に苦しむのだが）のに似て、見たもの、聞いたもの、体験したものはなんでも作品にしてしまう。この貪欲さ、バイタリティーがデュマのデュマたる力の根源なのだ。

恋の終わり

というわけで、デュマはこの「不倫」体験を戯曲にするのだが、一八三〇年六月九日に『アントニー』が完成すると、早くも四日後には、当の相手のメラニーに、デュマはこう書き送っている。

「ねえ、メラニー、あなたはすぐにお分かりでしょうが、『アントニー』には、ぼくたちの実際の体験が実にたくさん盛りこまれています。でも、ぼくたちだけの秘密の体験。ですから、ちっとも心配は要りません！　観客には何も感づかれはしないでしょう。ぼくたちが、汲めども尽きぬ思い出をそこに見いだすだけです。アントニーという主人公については、ははあ、これは、あいつのことだな、と見破る人はいるでしょう。なぜといって、アントニーは、このぼくによく似た愚か者だからです。」

卑下した言い方だが、実は、この私が主役で、あんたは脇役、とでも言っているようにも受けとれる。「愚か者」というのも、社会の常識からはみだしたという意味で、反逆児を気取りながら、同時に、いくらか含羞《がんしゅう》をみせている感じがある。こうして、自分の分身だけが、ロマンチック－ヒーローの暗く輝く衣装を纏《まと》う戯曲ができてしまえば、もう、現実世界は用済みだった。

と、まあ、ここまで想像をたくましくしなくても、一八二八年以降、メラニーの両親にふたりの仲が黙認されることで、反社会性の緊張感が大きく減じると、デュマは知りあった女優にかたっぱしから手を出すようになった。マリ－ヴィルジニ－カトリーヌ＝デルヴィル（芸名ヴィルジニ＝ブールビエ）、ベル＝クレルサメール（芸名メラニー＝セール）、レオンチーヌ＝フェー、マリ＝ドルヴァル（アルフレッド＝ド＝ヴィニーをはじめとするロマン派の詩人たちが熱烈な愛を捧げた大物女優）……。そして、『アントニー』が完成して数か月後、デュマはメラニーを捨てることになる。

ショップの記すところでは、世をはかなんだメラニーは、一八三〇年一一月二二日遺書まで書くが、死にはいたらず、翌年、デュマに最後の手紙を送ってからは、ひたすら、文学に精進する。ついに、二流、三流の域を出なかったとはいえ、一八七一年に七五歳で亡くなるまで、小説に、詩に、戯曲に、エッセーにと幅広く健筆を奮うことになったという。

つけ加えれば、メラニーとデュマのあいだの子供は流産だったが、上記のベル＝クレルサメールとデュマのあいだの子供は、一八三一年三月五日に生まれ、女の子で、マリ＝アレクサンドリーヌと名づけられた。母親ベル＝クレルサメールの要求をのんで、デュマはマリ＝アレクサンドリーヌを出生の二日後に認知した。公平を重んずる――といっても、この期におよんで、ずいぶんひどい話だが――デュマは、このとき、七歳になろうとしていたデュマ＝フィスもついでに認知した。デュマ＝フィス（一八二四～九五）が文学者として父親の衣鉢を継ぎ、このマリ＝アレクサンドリーヌ（一八三一～七八）が、三〇年後、デュマの老後の面倒をかいがいしく見ることになるのだから、巡り巡って人間の先行きなど、どこでどうなるか分からぬものだ。

五幕散文劇『アントニー』　五幕散文劇『アントニー』は、デュマとメラニーとメラニーの夫の三角関係をそのまま（夫婦に娘がいることまで）使い、これにデュマ独特のドラマチックな誇張と奥行きを加えたものだ。

主人公のアントニーは、前途有為の青年ながら、財産も家柄もない私生児。心の深奥に、癒しがたい憂愁と、社会に対する怨念を秘めている。戯曲出版に際して、デュマは冒頭に「恋人に血を流させることができるなら、悪魔に肉体と魂を与えてもよい」などという反宗教的、反社会的な詩を添え、戯曲の内容を印象づけているが、その詩に、「チャイルド＝ハロルドはこの私だと言った者がいる……。勝手に言わせておけばよい！」というバイロンの言葉をエピグラフとして掲げている。

チャイルド＝ハロルドとバイロンとの対応関係を、アントニーとデュマとの対応関係にわざわざ重ねあわせて、デュマは抜け目なくバイロンのイメージをわがものとしているのだ。

ヒロインのアデールのもとに、アントニーから、是非会ってほしい、という手紙が届くところから、劇は始まる。三年前、アントニーはアデールに恋をするが、アデールは親の意向で、陸軍大佐のダルヴェー男爵と結婚が決まっていた。苦悩のはてに、アントニーは身を引き、アデールは結婚して、いまは女の子供までいる。だが、どうしても、アントニーはアデールが忘れられないのだ。

手紙をもらったアデールは、アントニーから逃れて、夫の任地に向かおうと馬車に乗るが、馬車の馬が暴れて、かえって、アントニーに助けられる。怪我をしたアントニーを介抱するうちに、愛がよみがえる。

アデールはアントニーと別れよう、別れようとするが、なかなか、踏ん切りがつかない。このままでは、世間の非難にさらされる。夫にも知れる……。

そうこうするうちに、密告の手紙を受けとった夫のダルヴェー男爵が、ふたりの愛の現場へ乗りこんでくる。夫が部屋のドアを突き破ろうとする。とっさに、アデールはアントニーに、わたしを殺して！　と懇願する。そうすれば、アデールと、その娘の名誉は守られるのだ。アデールの気持ちを了解したアントニーは、短剣を抜くと、アデールの胸に突き刺す。

ドアを破って入ってきたダルヴェー男爵にアントニーは、こう言い放つ。

「この女、どうしても身を任せないから、殺してやった。」

激烈きわまりない（それに、当時の水準からして、だいぶ下品な）この台詞は、姦通、殺人を舞台に乗せた大胆不敵な劇の殺し文句として、ぱっとパリじゅうに広まった。その年の流行語になっただけでなく、一九世紀の演劇史上に残る、名台詞といかないまでも、屈指の有名な台詞となった。『アントニー』は大当たりを取り、初演から数えてパリでの上演回数はなんと一三一回におよんだのである。

革命の年一八三〇年

『アントニー』の初演は一八三一年五月三日だったが、『アントニー』が執筆されたのは前年の一八三〇年で、この一八三〇年というのは、文学史においても歴史においてもきわめて重要な年だった。それというのも、この年の三月には文学史上名高い、いわゆる「『エルナニ』合戦」があり、七月には、のちにいう「七月革命」が起こったからである。

まず、「『エルナニ』合戦」のほうだが、これは、ユゴーのロマン派劇『エルナニ』上演の成功によって、擬古典主義が打ち倒され、以後一三年にわたるロマン派劇の隆盛を招いた事件だ。一八二七年『クロムウェル』の「序文」でユゴーが公にした演劇理論は、ロマン派のマニフェストとして世上を賑わしたが、この演劇理論をユゴーみずからが実践に移したのが『エルナニ』というわけである。

すでに触れたように、一八二九年にはデュマの『アンリ三世とその宮廷』がフランス演劇の総本山コメディ＝フランセーズで上演されており、この『アンリ三世とその宮廷』はユゴーの演劇理論を大幅に採りいれたものだった。ロマン派の文学運動の中核的存在であったユゴーの文学サロン（「セナークル」と呼ばれた）に、当時デュマは足繁く通い、ユゴーの薫陶を受けていたのだ。

『アンリ三世とその宮廷』の上演成功で、ロマン派の統帥ユゴーは後輩に先を越された形になった。ユゴーは満を持して『エルナニ』を世に問うた。一八三〇年二月二五日、『エルナニ』はコメディ＝フランセーズで初演されたのだが、この初演に際して、擬古典派が客席に陣取り、やじを飛ばして妨害をした。それを、テオフィル＝ゴーチエやジェラール＝ド＝ネルヴァルらに率いられたロマン派の若手芸術家たちが力づくで押さえこんで、ついに、上演を成功に導いたのである。いまと違って当時は、劇場は闘牛場にも似た騒乱の場だったのだ。

七月革命の市街戦

　六月二二日一旦上演打ち切りになるまで『エルナニ』は三六回上演され、三月九日に出版されたのだが、この出版に添えた「序文」でユゴーは、ロマン派文学の特質をつぎのように言い表した。
「ロマン主義とは（……）文学における自由主義にほかならない。」
　政治のうえでの自由とともに、文学の自由も確保されなければならない。それまでの、古典主義あるいはその亜流である擬古典主義は、演劇を規則でがんじがらめにしてきたが、いまこそ、そうした手枷、足枷から演劇を解き放つときが来たというのだ。

七月革命での活躍

この文学的自由の勝利をプレリュードとするかのように、七月革命が起こった。『エルナニ』上演と同じ年の七月、勅令によって政治的自由が極度に制限されたことに反対して、パリの民衆が武装蜂起したのだ。

町のあちこちでドンドン、パチパチ。戦闘が始まると、デュマは体じゅうの血が逆流して、居ても立ってもいられなくなった。弾丸をポケットに詰めこんで、銃を担ぐと、家人、友人が押しとどめるのも振り切って、町に出た。民衆や学生たちの一団に合流した。あれよ、あれよと言う間にデュマは指揮官に祭りあげられ、「将軍、将軍」と呼ばれて、大満悦。

『回想録』によれば、革命委員会の総指揮官ラファイエットとの会見で、「弾薬が足りない」と知るやいなや、調子に乗って、「わたしがなんとかしましょう」と大見得を切った。故郷のヴィレ－ル－コトレ近くのソワソンに、国王軍の弾薬庫があるのを思い出したのだ。

弾薬接収の依頼書をラファイエットに書いてもらうと、デュマは早速、三色旗つきの馬車を仕立てて、生まれ故郷に乗りこんだ。デュマの到着を知った町の人々は、まるで凱旋将軍でも迎えるようにわれ先に出迎えに殺到し、デュマの馬車を取り囲んだ。武勇伝に思う存分尾鰭《おひれ》をつけて、旧友たちに語ってきかせたあげく、デュマはまんまと三五〇〇キログラムの弾薬をせしめてパリに戻ったという。

ラファイエットに感謝されただけでなく、庇護を受けているオルレアン公爵にもおおいに褒められた。このオルレアン公爵ルイ－フィリップこそ、議会の推薦を受けて「フランス国民の王」として王位に着き、七月王政の立役者になる人物である。

――これは、ひょっとすると、大臣の椅子でも転がりこむかもしれないぞ！――デュマは、あらぬ期待にほくそえんだ。

それも束の間、七月王政成立とともに革命は不発弾のように終息し、大臣になる夢は雲散霧消したのだが、代わりに『アントニー』の上演がとんとん拍子で実現することになった。七月王政成立直後、ほんの一時だけ、演劇の検閲が廃止されたのだ。そんなことでもなかったならば、『アントニー』のような、どぎつい姦通劇が上演許可になるはずがないのだった。

『三銃士』の誕生

一八三〇年代のデュマ

ユゴーに伍して、デュマは劇作家として活躍し、『ナポレオン＝ボナパルト』（一八三一）、『ネールの塔』（一八三二）、『アンジェール』（一八三三）、『錬金術師』（一八三九）など多数のロマン派劇を矢継ぎ早に世に送った。だが、一八三〇年代も後半になると、デュマの繰りだす趣向にもマンネリの影が差しはじめ、上演すれば必ず大当たりというわけにはいかなくなった。このころ、デュマは目先を変えて、喜劇にも触手を伸ばし、また小説にも手を染めた。このころの喜劇としては『キーン』（一八三六）、『ベリール嬢』（一八三九）、『ルイ一五世時代の結婚』（一八四一）などがあり、小説としては『ポール船長』（一八三八）、『武術師範』（一八四〇）、『騎士アルマンタル』（一八四一）などがある。

私生活では、デュマは性懲りもなく派手な女性遍歴に憂き身をやつしていた。デュマ＝フィスとマリ＝アレクサンドリーヌというふたりの子供、それに、そのそれぞれの母親を養いながら、イダ＝フェリエ（一八一一〜五九、本名マルグリット＝フェラン）という若い女優に手を出し、一八三二年二月には愛人として公式の場にも連れて出るようになった。一八三三年一二月には、ハンガリーの歌手カロリーヌ＝ウンゲール（一八〇三〜七七）を知り、二年後にイタリアのナポリで逢瀬を

イダ＝フェリエ

重ねる。

一八三八年八月一日に、デュマの母親が他界すると、イダ＝フェリエはデュマ家で手がつけられないほど我が物顔にふるまい、ついに、一八四〇年、気の進まぬデュマを説き伏せて正式に妻の座に坐るのだ。あげく、その四か月後には、デュマを敢然と裏切って、イタリアの貴族とねんごろになり、いっしょに暮らしはじめるのだから、デュマと比べても遜色ないつわものというべきだ。

こんなふうに、つぎからつぎへと女性をとっかえひっかえ、ではなく、同時進行的につきあう女性の数をどんどん増やしていったものだから、その出費たるや、想像を絶する額にのぼった。住居費、子供の養育費、高価な贈り物、召使いをあちこちで雇う人件費、交際費、旅費……。おまけに、持って生まれた浪費癖ときたら、いくら稼ぎがあっても焼け石に水だった。

デュマの一生は借金地獄との戦い。デュマの作品は借金返済の悪あがき。極言すれば、厖大なデュマ文学を後世に残したのは、デュマの浪費癖と女ぐせの悪さともいえるのだ。

ダニエル＝ジンメルマン著『大アレクサンドル＝デュマ』（一九九三）によれば、一八三〇年代終わりごろ、デュマはジャック＝ドマンジュという実業家に多額の借金があった。ドマンジュとは、デュマは愛人のイダ＝フェリエを介して知り合いになった。文学愛好家を自任するドマンジュは、言われるままに、鷹揚《おうよう》に、デュマの借金に応じてきたのだが、やはり、実業家は実業家。借金がかさむと、返済を要求しないわけがなかった。返済にデュマは一八四五年ごろまでかかった。一説によると、デュマがイダと気の進まぬ結婚をしたのも、ドマンジュに強要されたためらしい。

クロード＝ショップ著『アレクサンドル＝デュマ』（一九八五）によると、デュマは借金のカタに印税と興行収益をドマンジュに押さえられていた。例えば、喜劇『ベリール嬢』（一八三九）は大成功を収めたが、その多額のデュマの取り分はそっくりそのまま右から左へとドマンジュの懐に収まったということだ。

女出入りの激しい家庭環境で育てられて、いい迷惑だったのが、息子のデュマ＝フィスだ。いちばん大事な思春期に、父親の絶倫の欲情を見せつけられどおしで、心がねじ曲がってしまった。後年、デュマ＝フィスが文学者になって書いた作品といえば、『椿姫』（一八四八）を代表として、男女の道ならざる恋ばかり。三つ子の魂百までとは、この場合、いかにも哀れだ。

一八三二年、政情不安のおりから日頃の不穏な動きが当局に目をつけられたこともあって、スイスに旅行したのを皮切りに、一八三五年にはイタリア旅行、一八三八年にはベルギー、ライン河流域旅行、一八四〇～四一年には再びイタリア旅行と、外国旅行をデュマは頻繁にしている。そして、外国旅行のたびに旅行記を執筆し、『旅の印象』（一八三三～四〇）、『ライン河流域紀行』（一八四〇）、『フィレンツェでの一年』（一八四〇）などを発表している。

「金で勲章を買っている」

この間、なりふり構わぬ働きかけをして、フランスのレジョン＝ドヌール勲章、ベルギー政府の勲章をはじめとして各国の勲章を片っぱしからかき集めた。さらに、ロシアの聖スタニスラス勲章を得ようと、『錬金術師』の自筆原稿にりっぱな装丁を施してロシア皇帝に献上したりしている。

「あいつは金で勲章を買っている。」

陰口を叩かれながら、デュマは片時もひるむことがなかった。

一八四一年、新しいロマン主義文学の担い手のなかから、先輩格のユゴーがアカデミー＝フランセーズの会員に当選した。今度は自分の番だぞ、と言わんばかりに、デュマはキャンペーンを開始した。アカデミー会員に手紙を書いて推薦を依頼したり、新聞の編集者に援護射撃を要請したり……。いやはや、名誉欲もこれほど露骨に発現すると、ご馳走を手当たりしだい頬張って目を白黒させる大食漢を見るようで、痛快以外のなにものでもない。愛すべきいじきたなさといわなければならない。

おまけに、日頃の不行状がたたって、ついに、一生アカデミー会員に選ばれることがなかったのだから、なおさら愛すべきところがある。

オーギュスト＝マケとの出会い

読者も憶えておられよう。デュマが無名時代に書いた戯曲『クリスチーヌ』を受理するのに、コメディ＝フランセーズの上演作品審査委員会は、ピカールという劇作家に手直しさせることを条件にした。劇作家としてデュマが一家をなすと立場は逆転し、今度は無名作家の作品をデュマが手直しすることがしばしばあった。当時は著作権が保護されるにはほど遠い状態にあり、そんな場合、デュマの名前だけが表に出て、単に「デュマ作」となることが頻繁に起こった。さきに挙げたデュマの劇作の多くが実はこうした共同作業の産物だったのだ。

だから、小説の執筆についても、なんら抵抗もなく、デュマはすんなり最初から共同作業の体制を取った。

小説を執筆するうえで、デュマが片腕ナンバーワンと見こんだのは、オーギュスト＝マケ（一八一三〜八八）という若手作家だった。

マケ側の資料を基に、ギュスタヴ＝シモンが『協力関係の一部始終――アレクサンドル＝デュマとオーギュスト＝マケ』（一九一九）を書いている。それによると、デュマがマケに出会ったきっかけはつぎのようなものだった。

一八三八年、駆け出しの劇作家だったマケは、三幕劇『カーニヴァルの夜』を書いた。

「どうだろうか？」と、この戯曲を親友の作家ジェラール＝ド＝ネルヴァルに見せた。

「大幅に手を入れたら物になるな。手直しは、デュマに頼むしかない。」

友だちのよしみで、ネルヴァルはデュマに三拝九拝してくれた。

このころ、ちょうど、ネルヴァルはデュマの原稿執筆の下働きをしており、ネルヴァルが書いた

『錬金術師』にデュマが手を入れている最中だった。たってのネルヴァルの頼みでもあり、大して長い戯曲でもなかったので、『錬金術師』を直す片手間に、デュマは一気呵成《かせい》にマケの戯曲を書き直した。さらに、見違えるようになったその戯曲を、ルネサンス座で上演させるように取り計らうこともした。そんなことは、デュマにとっては朝飯前だったのだ。

感謝感激したのは、オーギュスト＝マケ。なにしろ、大作家のデュマが原稿を直してくれて、そのうえ、自分の名前はつけず、マケの名前だけで上演させてくれたのだ。

――デュマのためなら、なんでもしよう――そんな気持ちにマケがなったのも無理はない。

マケとの共同執筆

マケの取り柄は歴史にめっぽう強いことだった。なにしろ、マケは、劇作家になる前は、リセ（中高等学校）で歴史の教師をしていたのだ。リセ＝シャルルマーニュという、なかなかの名門だった。

それこそ、マケは本の虫。古今東西の万巻の書を読み、歴史資料をあさり、とくに、そのフランス史の知識たるや、他の追随を許さなかった。

それがなぜリセの教師を辞めたのか？　単に、性に合わなかったのだ、教壇に立つことが。机に向かってばかりで生きていける職業。というので、マケは作家の道を志した。

だが、なかなかうだつがあがらなかった。リセ在職中から、ネルヴァルとの共同執筆で、一幕韻文劇『ララ、あるいは贖罪』や中編小説『ラウール＝スピテーヌ』などを書いていた。前者はオデオン座の上演作品審査委員会で受理はされたが、ついに上演にいたることはなかった。後者はなんとか新聞に連載されたが、反響はなかった。

結局のところ、マケには、読者や観客の心をぐっと摑んで放さない、なにか本質的な才能が欠けていたのだ。そして、この才能をこそ、デュマは溢れるほどに持ちあわせていた。その反面、デュマに欠けていたのは歴史の知識、あるいは、歴史に題材を求めるに充分な時間と根気だった。このふたりがいっしょになれば、鬼に金棒。互いに他の欠点を補いあって、完璧な仕事ができる。ふたりはまさに出会うべくして出会った感がある。

ふたりの共同作業による最初の小説が『騎士アルマンタル』（一八四一）だ。共同作業といっても、この小説に関しては、役割分担がはっきりしていた。マケが下書きをし、それを、デュマが徹底的に直すのだ。上記の『協力関係の一部始終』でシモンはつぎのようなマケのメモを紹介している。

「『騎士アルマンタル』は私がひとりで構想をまとめ、大部の小説に書きあげたものだ。もとは『ビュヴァという男』という題だった。当時、ジムナーズ＝ドラマチック座にブーフェという俳優がいたが、この俳優に役をつけるために、デュマは戯曲を一編用意しなければならなかった。お願いだから、君の小説を私に譲ってくれないか、手っ取り早く戯曲に仕立て直したいから、とデュマは私に懇願した。そのあと、デュマは私の小説をフィレンツェに持っていき、戯曲に仕立て直すかわりに、二巻増やして、四巻の小説に仕立て直した。かつて私の小説『ビュヴァという男』を読んで褒めてくれた、トマとラ＝ツール－サン－チバールの両氏ならこの間の事情をよく知っている。」

シモンによれば、この、いわば、原案料として、マケはデュマから、一二〇〇フラン（一四〇万円見当）を受け取った。引用したメモは後年のもので、この当時は、無名の青年作家マケはただただ有難がるばかりで、一も二もなく、デュマの言いなりになった。やがて、「シエークル」紙に連載されたあと、『騎士アルマンタル』はパリのデュモンという出版社から、デュマの名前で出版され、好評を博した。

これは、デュマの第七作目の小説となった。だが、デュマはまだ劇作家として有名であり、小説家としての揺るぎない名声を獲得するには、つぎの極めつき『三銃士』を待たなければならない。

新聞連載小説の隆盛

ご存じのように、『三銃士』は世界的なベストセラーかつロングセラーになるのだが、この『三銃士』がエポックメーキングな作品となるには、下地が整う必要があった。その下地とは、新聞連載小説の隆盛である。

すでに「まえがき」で述べたように、一八三〇年代になって、フランスでは産業革命が進行し、これと並行してジャーナリズムが発達した。とくに、一八三六年、のちに新聞王と異名を取るエミール＝ド＝ジラルダンが創刊した「プレス」紙は革命的だった。購読料を下げたのだ、なんと、従来の新聞の、半額に。それまでの新聞が軒並み年間購読料八〇フランだったのに対して、「プレス」紙は四〇フラン、すなわち五万円見当。いまの日本の新聞購読料に限りなく近い額だった。そこで、主として新興のブルジョア階級がこぞって購読した。

けれども、こんなに安くして、採算は取れたのか？　それが充分取れたのだ。安くした分、ジラルダンは広告を増やした。それまで、新聞広告はごく限られたスペースを占めるにすぎなかったところを、倍増したのだ。だが、広告を増やすということは、むろん、その分、広告掲載の注文を多く取ってこなければならないことを意味する。広告の注文を多く取るためには、宣伝効果があがる、つまり、発行部数が多くなければならない。というわけで、ジラルダンの「新聞革命」の成否は、ひとえに発行部数の増大にかかっていた。

魅力的な紙面づくりにジラルダンは知恵を絞るのだが、その目玉商品が連載小説だった。収益を安定させて経営を軌道に乗せるには、街頭売りを増やすよりも、安定した読者である定期購読者を増やすのが得策だ。一八四六年の数字だが、「プレス」紙の発行部数二二、一七〇のうちで、定期購読は一七、六〇〇（クロード＝ピショワ『ロマンチスムII　一八二〇〜一八四三』）。「プレス」紙の経営者が、いかに定期購読を重視していたかが分かるというものだ。定期購読をする、つまり、読者が一日も欠かさず新聞を読みたくなる趣向は？

波瀾万丈の物語を、新聞連載の一日一日がちょっとした山場になるように按配し、連載一日分の終わりには、必ず未解決の謎とか未完了のプロットを残し、さあ、明日のお楽しみ、といった具合に読者を繋ぎとめること。現代マスメディアの主流であるテレビが、お昼のメロドラマでは毎日、夜の連続ドラマでは毎週やっている、あの「つづく」という手法だ。

こうした、現代でも有効な営業戦略を、「プレス」紙の創刊に際して、ジラルダンの天才は発明した。同じ年に創刊された「シエークル」紙に三週間ばかり先を越されはしたが、ジラルダンはこの方法を一八三六年一〇月二三日から実行に移した。作品は、バルザックの『老嬢』。『老嬢』は一二回の短期連載だったが、その間、「『老嬢』の連載のおかげで、一一、〇〇〇人以上の定期購読者を『プレス』紙は引きつけた」とマーチン＝ライオンズは記している（一九八七年刊『書物の勝利』）。「プレス」紙や「シエークル」紙に倣って、老舗の「コンスチチュショネル」紙や「デバ」紙もこのアイディアを採りいれ、あっという間に、当時のおもだった新聞がわれもわれもと連載小説を始めた。

『パリの秘密』の大当たり

このように、なりふり構わず、文学を消費の対象にする新聞の姿勢を、評論家サントーブーヴ（一八〇四〜六九）は、「量産文学」と呼んで、一八三九年一一月二四日付けの「両世界評論」誌で痛烈に批判した。

一八三八年、「シエークル」紙に、デュマは『ポール船長』を連載するが、この連載だけで「シエークル」紙の購読者は一万人は増えたとされている。

一八四二年、新聞小説の歴史でさらに画期的なことが起こる。ウジェーヌ＝シュー（一八〇四〜五七）が一八四二年六月一九日から翌年の一〇月一五日にかけて「デバ」紙に連載した『パリの秘密』が前代未聞の大当たりを取るのである。

ちょうど、NHKの朝の連続ドラマで、『おはなはん』（一九六六年放送）が五〇パーセント、『おしん』（一九八三年放送）が六〇パーセントという驚異的な高視聴率をあげて放送中のこと。「もうじき、おはなはんのご主人が戦死することになる筋運びだそうだが、もう少し生かしておいてくれないか」とか、「おしんがあんなにひどく姑にいびられるのは見ていられない」とか、ありとあらゆるストーリーの書きかえの嘆願が、NHKおよび原作者のもとに寄せられたそうだ。

これと同じ、いや、これ以上のことが『パリの秘密』で起こった。「お願いです。フルールドーマリ（娼婦に身を落とした薄幸のヒロイン）が、またしてもみすみす、あのごろつきどもの慰みものにならないようにしてください。そんなことになったら、それこそ、あなたの小説は背徳のそしりを免れませんよ」とか、連載中からプロットの変更を嘆願する手紙が殺到し、一一〇〇通もパリ市歴史図書館に保存されているという。テオフィル＝ゴーチエによれば、「『パリの秘密』の結末が分かるまで、病人たちはなんとか死なないように頑張った」のだそうだ。民衆、ブルジョアばかりか、政府の要人から、有力実業家、貴族、聖職者にいたるまで全国民が熱中した。下層の人々を主人公にした、この小説の影響で、ボルドー市とリヨン市には、失業者のための救済銀行が設立されたほどだ。刊行の翌年には、英語、ドイツ語、イタリア語など西欧一〇か国語に翻訳・刊行されたという。文字どおり、シューは『パリの秘密』によって、ヨーロッパを制したことになる（J‐P＝ボーマルシェ他編『ボルダス・フランス文学事典』一九八四）。次作の新聞連載小説『さまよえるユダヤ人』（一八四四〜四五）でウジェーヌ＝シューは一〇万フラン（一億二〇〇〇万円見当）を稼いだが（マックス＝ミルネール『ロマンチスムI　一八二〇〜一八四三』)、オレチオーニおよびライオンズの調べでは『パリの秘密』の発行部数は『さまよえるユダヤ人』と同等から二〇パーセント増しくらいであったので（マーチン＝ライオンズ『書物の勝利』)、一〇万フランから一二万フラン（一億四〇〇〇万円見当）の高額をシューは『パリの秘密』から得たと推定される。

『三銃士』の秘密

『三銃士』はどのようにして生まれたか？　もう少し正確にいえば、デュマとマケがどのように協力して執筆したか？

『三銃士』の執筆

ギュスタヴ＝シモンは、マケの遺族から提供された、マケ宛のデュマのメモ、マケ自身の手紙やメモ、テキストの比較などから、つぎのように考えている。つまり、少なくとも、最初の何巻かはマケが書いた、あるいは全編にわたってマケが書き、デュマはそれに最小限のアレンジを加えたにすぎない、というのだ。マケの遺族の意を大幅に汲んだ見解であり、こうした見解には、アンドレ＝モロワなど後世のデュマの伝記作者、それに、クロード＝ショップをはじめとするデュマの専門家は与することをしていない。「『三銃士』がどのようにして生まれたかは、結局のところ、よく分からない」と、ダニエル＝ジンメルマンは『大アレクサンドル＝デュマ』で言っているが、煎じつめれば、そんなところなのだろう。

『三銃士』の種本がガシヤン＝クールチル＝ド＝サンドラス（一六四四～一七一二）の『国王銃士隊第一隊隊長ダルタニャン氏回想録』という、一七〇〇年にケルンで（ついで第二版が一七〇四年にアムステルダムで）刊行されたとされる本であることはよく知られている。まずもって、デュマ自身が、この本から着想を得たと『三銃士』の「序文」で述べているのだ。

この種本についても、シモンの主張では、これを発掘したのはマケということになっている。だが、複数の研究者・伝記作者の一致した意見では、少なくとも、この種本の第一巻は、南仏の港町マルセイユの図書館で、デュマが閲覧している。アンドレ＝モロワおよびダニエル＝ジンメルマンによれば、ジョゼフ＝メリーという友人の図書館員のはからいで、一八四三年にデュマはこの本を借り出し、そのときの貸出し票の記述からして、デュマは結局返却しなかったという。

このクールチル＝ド＝サンドラス著『国王銃士隊第一隊隊長ダルタニャン氏回想録』は、『三銃士』の種本になったことで有名になり、二〇世紀になってから、ジェラール＝ガイーの校訂を受けて復刊されている。その際、校訂者の弁では、一部削除はしたが、変更は加えていないとのこと。一九四一年にメルキュール＝ド＝フランスから上梓された、この校訂版を読むと、ほんとうに驚かされる。主人公のダルタニャン、三銃士のアトス、ポルトス、アラミス、それに、トレヴィル隊長、ミラディまで登場し、筋立ても、後述するように、部分的には実によく似ているのだ。どちらも歴史の事実を正確になぞっているのだから、同じような人物と筋立てになるのか？ というと、まるで、そんなことはない。第一、なぜ、『ダルタニャン氏回想録』なのに、ダルタニャン著となっていないのか？

実は、それもそのはずで、『ダルタニャン氏回想録』はダルタニャン自身が書いたものではないし、したがって、その内容も、真っ赤な嘘、と言わないまでも、かなりの部分が作り話、虚構だからだ。

非合法出版の種本

この点については、アンリ＝ダルメラが『デュマ＝ペールの「三銃士」』（一九二九）で詳述している。ダルメラによると、『ダルタニャン氏回想録』の著者のクールチル＝ド＝サンドラスなる貴族は、非合法出版の常習犯で、かなり胡散《うさん》臭い人物なのだ。ルイ一四世の治世下、検閲がうるさくて、今日では誰も気にも留めないような記述が猥褻《わいせつ》とみなされたり、少しでも、国王や宮廷人を風刺する素振りをみせたり、政府にもの申したりしたら、けしからん！　ということになったりした。そこで、だいたい売れ筋の出版物は、オランダをはじめとする隣国で印刷され、非合法的にフランスに持ちこまれた。クールチル＝ド＝サンドラスの大部分の著作は、こうした非合法出版。当時のフランス人たちが陰でこそこそ、にやにやしながら味わう、大げさにいえば、禁断の果実だったのだ。

そもそも、一六四四年（一六四七年とする説もある）貧乏貴族の家に生まれたクールチル＝ド＝サンドラスは、まさにダルタニャンと同じように、最初は武芸で身を立てることを志し、銃士隊に入隊した。三〇代半ばくらいまでは軍人として頑張ったが、はかばかしい昇進は叶わず、しまいには、どういう経緯か不明ながら、免職になったらしい。

よほど腹に据えかねたらしく、サーベルをペンに持ちかえて、今度は彼は反体制の政治文書を書きはじめた。非合法出版の天国であったオランダを本拠地として、じきに、本格的な著作にも進出した。一六八三年に著述家としてデビューしてから、一七一二年に死ぬまでの約三〇年間に、合計五〇冊ほどの著書を世に送り出したというのだから、なかなかの多作家といわなければならない。

この当時には、「リシュリュー、コルベール、マザランなどの有名政治家のインチキ回想録とか偽の政治的遺書、それに、国王ルイ一四世、王母アンヌ＝ドートリシュ、宮廷の実力者モンパンシエ嬢、ラ＝ヴァリエール公爵夫人といった著名人の、あることないことを書き連ねた恋愛生活記録」（前掲書）といった、あやしげな出版物が横行していた。『ルイ一四世治世下の特筆すべき種々の出来事、ならびに、ルイ一三世の逝去に際してフランスが置かれた状況を含む手記』などの比較的政治色の濃い著作で、クールチル＝ド＝サンドラスはデビューを飾ったが、その翌年には、早くも、『アンリ四世の女性遍歴および宮廷情話』などという、タイトルからしていかがわしい本を出している。

クールチル＝ド＝サンドラスの功績は、むろん、こうした卑猥な著作にあるのではなく、「彼の死後の名声は、小説仕立ての伝記の父、あるいは、少なくとも、父のひとりとしてのものである」とダルメラは記している。一八六八年ごろ、数人の武官の「回想録」を手がけ、好評を博したのをきっかけに、彼は多くの武官・文官の「回想録」を執筆した。「回想録」といっても、「小説仕立ての伝記」であり、かつ、金儲けのためなら何でもござれの非合法出版であり、かつ、また、当時の歴史記述の厳密さのレベルから推して、相当いい加減なものである。胴体よりも尾鰭のほうが大きいというか、一の事実を一〇の作り話に膨らませるというか、だいたい、一人称で語って、いかにも、本人が書いたかのように見せかけるところからして、はなはだ面妖《めんよう》な代物である。

一五年の牢獄暮らし

こうした「回想録」シリーズで一世を風靡したクールチル゠ド゠サンドラスだが、一六九三年、ついに、年貢の納め時がやってきた。オランダを批判する著作をものしたために、オランダに居づらくなり、密かにパリに戻っていたところを憲兵に急襲されたのだ。書きためた原稿は押収され、逮捕された。そして、四月二〇日には、バスチーユの監獄に入れられた。そのまま、「危険な中傷文の作者」(前掲書)として六年間、牢獄に繋がれた。

一六九九年に自由の身となり、『ダルタニャン氏回想録』を書いて、一七〇〇年に出版したあと、一七〇二年に再び逮捕された。密告に従って、憲兵が、パリの北の入り口であるサン-ドニ門で網を張っていたところ、まんまと運送業者が引っかかったのだ。『ダルタニャン氏回想録』一五冊が押収され、印刷業同業組合に届けられた。非合法出版かつ非合法輸送。アンシヤン-レジームすなわち旧体制下では、同業組合の市場独占は絶対であり、これに違反した者は厳罰に処せられた。

折悪しく、作者のクールチル゠ド゠サンドラスは、このときパリ滞在中であった。「政府・宮廷の要人たちを攻撃した『回想録』を不法搬入したのみならず、とくに、最近、『宮廷・巷間年報』なる不敬な中傷文を出版したかどで」(前掲書)、彼はまたしてもバスチーユ送りとなった。今度は、九年後の、一七一一年に放免された。通算一五年も、彼は牢獄暮らしの憂き目に遭ったわけだ。

一七一一年に娑婆《しゃば》に戻ったクールチル゠ド゠サンドラスは、三度目の結婚を果たして、人生最後の花を咲かせたあと、翌年五月八日、眠るように息を引きとった。享年、六八歳。なんとか天寿をまっとうしたと言えなくもない人生だった。

ダルタニャンは実在したか

こういう、胡散臭い作者が書いた、『ダルタニャン氏回想録』はまるっきり作り話か？ というと、そうでもない。まずもって、ダルタニャンが歴史上実在の人物であることに間違いはないのだ。そのうえ、その実在のダルタニャンのおおまかな人生をたどることは、この「偽回想録」は一応行っている。『三銃士』といったいどこが同じで、どこが違うか？ 『ダルタニャン氏回想録』の内容を、ガイーによる校訂版に従って、つぎにご紹介しよう。

ベアルヌ地方（ガイーは正しくはガスコーニュ地方であると訂正している。この間違いについては、デュマは踏襲していない）の貧乏貴族の子供としてダルタニャンは一六二三年に生まれた（『三銃士』のダルタニャンは物語の発端である一六二五年に、一八歳を迎えたことになっている。ところが、本物のダルタニャンは一六二五年にはまだ二歳にすぎない。本物のダルタニャンの成長を待っていたら、アンヌ＝ドートリシュの色香はうせるは、バッキンガム公爵は死ぬは、リシュリューの権勢は衰えるはで物語は成りたたなくなってしまうからだ）。

実在のダルタニャン

隣人にトレヴィルあるいはトワヴィルという名の貧乏貴族がいたが、この息子がパリに出て、才覚を発揮し、銃士隊の隊長に出世した。ダルタニャンは父親から、このトレヴィルへの紹介状といくばくかの金銭をもらうと、青雲の志を抱いてパリに上った。

途中、ブロワとオルレアンのあいだにある、サン＝ディエという町（デュマはマンの町と変えている）で、ダルタニャンは、ロネーという名前の貴族（『三銃士』ではロシュフォールとなっている）と口論をする。その貴族と従者たちがダルタニャンのいでたちをばかにしたのだ。険悪な空気がエスカレートして、とっくみあいの喧嘩になる。だが、多勢に無勢。ダルタニャンはあえなく打ちのめされる。そのとき、トレヴィル隊長宛の父親の推薦状を、その貴族にダルタニャンは奪われる。

やがて、パリに着いたダルタニャンはトレヴィル隊長を訪ねる。控えの間は、トレヴィル隊長に会いに来た銃士隊員でごったがえし、そのうちのひとりにダルタニャンは話しかけるのだが、それが、ほかならぬポルトスだ、というのだ。このポルトスに誘われて、自らの勇気と剣の腕前を証明すべく、ダルタニャンは、アトス、ポルトス、アラミスの三人兄弟（『三銃士』では単に同じ銃士隊員で親友）といっしょに、リシュリュー枢機卿麾下の親衛隊員と決闘におよぶ。勝利を得たダルタニャンは三銃士の親友ということになる。

と、ここまで、クールチル＝ド＝サンドラスの『ダルタニャン氏回想録』を読んでくると、寸分たがわぬとまではいかないにしても、ほとんど『三銃士』の導入部と同じであることが分かる。

ダルタニャンが三銃士と意気投合したあと、『三銃士』では、ダルタニャンは、三銃士とともに、王妃アンヌ＝ドートリシュのために、ひと肌脱ぐことになる。

種本との違い

以下、『三銃士』のストーリーを追ってみよう。

さきごろ、王妃は、王のプレゼントであるダイヤモンドの飾り紐金具を、密かに慕うイギリスのバッキンガム公爵に贈った。王妃に敵対するリシュリュー枢機卿はこのことを察知し、王に入れ知恵をする。

「近々、舞踏会を催しなさいませ。そして、その前日になって突然、ダイヤモンドの飾り紐金具を着けるよう、王妃にお命じになることです」というのだ。

これを王が早々と漏らしたのを聞いて途方に暮れたのは、王妃。

――舞踏会の日時までに、ダイヤモンドの飾り紐金具が戻らなければ、バッキンガム公爵とのことが国王に露見してしまう――王妃の召使いであるコンスタン＝ボナシューから、事のしだいを聞いたダルタニャンは、王妃の手紙を携えて、ロンドンに渡り、バッキンガム公爵から、ダイヤモンドの飾り紐金具を返してもらう役目を引き受ける。一方、王妃側の動きを妨害しようと、リシュリュー配下のロシュフォール伯爵は、美貌の密偵ミラディをロンドンに送りこむ。

ミラディはジョン＝フェルトンという名の刺客を使って、バッキンガム公爵を暗殺させるが、なんとかダルタニャンはダイヤモンドの飾り紐金具を取り戻し、間一髪のところで、王妃の手に届ける。怒ったリシュリュー枢機卿側がコンスタン＝ボナシューを亡き者にするのを恐れて、王妃はコンスタンをカルメル会修道院にかくまわせる。けれども、ミラディはコンスタンを追いかけ、ついに毒殺する。ダルタニャンと三銃士はミラディを捕らえる。実は、ミラディこと、ウィンター夫人、またの名をシャルロット＝バックソンは、アトスのかつての恋人であり、妻であった人物。この人物のために、アトスの弟ジョルジュはあえなく自殺に追いこまれたのだった。ミラディは、自身のふたり目の夫ウィンター卿も殺していた。これほど、殺人を重ねた人間は罰を免れえない。ダルタニャンと三銃士はミラディを裁き、やはりかつてミラディにひどい目に遭わされた死刑執行人の手を借りて、ミラディを斬首に処する。

ところで、ダルタニャンが三銃士と意気投合したあとの、ダイヤモンドの飾り紐金具にまつわる話は、クールチル＝ド＝サンドラスの『ダルタニャン氏回想録』にはない。なるほど、ダルタニャンがイギリスに渡ったり、登場人物としてミラディが出てきたりはするが、『三銃士』とはまったく異なるシチュエーションにおいてである。

ダルタニャンがイギリスに渡るのは、清教徒革命による内乱において、フランス王家と親戚関係にあるイギリス王家を助けるための、正式の軍務なのだ。ミラディがダルタニャンと関わりを持つのも、つぎのような経緯による。清教徒革命を引きあいに出して、ダルタニャンは、王家をないがしろにするイギリス国民を公式の席で批判する。これを聞いたミラディが腹を立ててダルタニャンを自宅に呼びつける。ダルタニャンがミラディに一目惚れしてしまい、愛の告白をすると、気位の高いミラディは自分がばかにされたものと思い、怒り心頭に発する。策を弄してダルタニャンを投獄させたりしたあげくのはてに、刺客を放ってダルタニャンを暗殺させようとする。

こうしたミラディについては、彼女にまつわる物語ではなく、その冷酷無比な性格と行動を、クールチル＝ド＝サンドラスの著作からデュマが取りいれたということになるのだろう。

このあと、『ダルタニャン氏回想録』によれば、ダルタニャンはマザランの命により、イギリス王家のために働くべく、スパイとしてロンドンに潜入したり、敵方のスパイと間違えられてバスチーユの牢獄に閉じこめられたり（この点については、校訂者のガイーは事実無根であり、筆者のクールチル＝ド＝サンドラスが自身の体験をダルタニャンの人生に投影したにすぎないとしている）した。さらに、数々の武勲を重ね、一六五七年には銃士隊の副隊長に昇進し、一六六七年にはついに隊長に就任する。その後、しばらく、フランス北部の町リールおよび周辺を統治する総督を勤めたあと、一六七三年、国王ルイ一四世のオランダ遠征に従軍し、マーストリヒトの戦いで壮絶な戦死を遂げる。

当然ながら、ダルタニャンが一人称で語る『ダルタニャン氏回想録』は、ダルタニャン自身の戦死までは語らず、「マーストリヒトに向けて進軍中」という記述で、終わっている。

ダイヤモンドの飾り紐金具

肝心の、ダイヤモンドの飾り紐金具にまつわる物語、つまり、『三銃士』の物語の本体部分は、はたしてデュマの独創なのか？　アンリ＝ダルメラに耳を傾けてみよう。

『三銃士』執筆の八年前、一八三五年、ルドレールなる人物が書いた『フランス上流社会歴史資料論』が評判になり、ダルメラによれば、マケはこれを読み、この論文のなかに、「アンヌ＝ドートリシュがバッキンガムに手渡したのではなく、送ったダイヤモンドの飾り紐金具の話」（前掲書）を見つけたというのだ。一八世紀には、『三銃士』の舞台であるルイ一三世の治世を扱った、いくつかの（本物の）『回想録』が出版された。アンヌ＝ドートリシュの侍女モットヴィル夫人のもの、ルイ一四世の国務卿であったルイ＝アンリ＝ロメニー＝ド＝ブリエンヌのもの（一八二八）などである。なかでも、アンヌ＝ドートリシュの外套持ち、ルイ一四世の第一近侍を歴任した、ピエール＝ド＝ラ＝ポルトの回想録『ラ＝ポルト回想録』（一七五六）は、デュマとマケの知るところであり、彼らが情報源とした可能性があるとのことだ。

一五九二年生まれのバッキンガム公爵は、イギリス国王チャールズ一世の寵臣で、一六二五年、その使者として、八〇〇人のお供を連れて、フランスに乗りこんだ。ダイヤモンドを散りばめた豪華絢爛たる衣装に身を包み、『ラ＝ポルト回想録』の表現では、「貴婦人たちには喜びと、それ以上のものを与え、男性貴族たちには嫉妬を、貴婦人の夫たちには、嫉妬以上の感情を抱かせた」。

『モットヴィル夫人回想録』によれば、王妃アンヌ＝ドートリシュがそれとなく、バッキンガム公爵に気があるようなことを言ったとのこと。その気になったバッキンガム公爵は、庭園を散歩中に、お供の者たちが遠ざかったのをいいことに、王妃を愛撫しようとした。

「キャー！」と驚いて、叫び声をあげる王妃。

お供の者たちが駆けつけると、バッキンガム公爵は慌ててその場を逃げ去った。

おそらく、国王ルイ一三世はこの話を聞き、妻が公爵に贈ったダイヤモンドの飾り紐金具のことも伝え聞いて、嫉妬に身を焦がしたらしい。おまけに、リシュリュー枢機卿の讒言《ざんげん》もあって、ラ＝ポルトを含めて、ふたりの仲を取りもった王妃の側近たちを処罰したという。このあたりは、『三銃士』でリシュリュー一派の恨みを買って、ついには毒殺されるボナシュー夫人の運命を彷彿とさせずにはおかない。

一六二八年、バッキンガム公爵は王妃に会いたくて矢も楯もたまらず、フランスに向かおうとする。ポーツマス港で、これから出帆というところ、ジョン＝フェルトンという水兵に刺殺される。まったくの政治的な理由による暗殺だったといわれる。すでに見たように、デュマはバッキンガム公爵の暗殺者の名前として、このジョン＝フェルトンを使っている。こちらのほうは、ミラディの差し金ということで、政治色が薄くなっている。

『三銃士』の挿絵　王妃に愛を語るバッキンガム公爵

「直線的時間」の技法

アトス、ポルトス、アラミスについては、デュマは一八六四年七月二五日付「週刊文学ジャーナル」で、「実在の人物ではなく、ただ単に私の想像力が生みだし、読者が認知した私生児にすぎない」としているが、ダルメラはこの三人も歴史上、実在の人物であるとする。アトスには「一六一五年に生まれ、一六四〇年から一六四一年まで銃士隊員を勤め、まもなく没したアルマン＝アトス＝ドトヴィエル」なる人物がおり、ポルトスには「フランス西南部の町ポーで一六一七年に生まれ、（……）国王親衛隊員を勤めたあと、一六四三年に銃士隊に入隊し、（……）その後若死にしたイザク＝ポルト（またはポルトス）」がおり、アラミスには「ポルトスやアトスと同じころ生まれ」、「一六四〇年に銃士隊に入隊して」「一六七四年ごろ没したアンリ＝ダラミス d'Aramis」がいたとのことだ。

いずれにしても、この三人の名前はクールチル＝ド＝サンドラスの『ダルタニャン氏回想録』に出てくるし、デュマはそのことを『三銃士』の「序文」で記してもいる。クールチル＝ド＝サンドラスの『回想録』を参照しているのだから、デュマの「想像力が生みだし」たものであろうはずがない。『三銃士』の執筆から二〇年経ち、種本をすっかり棚に上げてデュマが行った、強気の発言と考えるべきだ。

こうして見てくると、多くの登場人物と筋の構成要素のほとんどは、『ダルタニャン氏回想録』および種々の歴史資料から借用したものであることが分かる。もっとも、『三銃士』の「序文」でデュマは、『ルイ一三世治世の末期およびルイ一四世治世の初期にフランスで起こった事件のいくつかについてのラ＝フェール伯爵の手記』なる手書き原稿を発見し、「その第一部を本来それに合ったタイトルを付けて読者に供する」のがこの『三銃士』であるとしているが、これは、クラシック＝ガルニエ版『三銃士』のシャルル＝サマランの注を待つまでもなく、「……で見つかった記録を一字一句たがえず読者に紹介します」式の、使い古された小説の書き出しであって、『ラ＝フェール伯爵の手記』なる資料が架空のものであることは言うまでもない。

結局のところ、デュマ（あるいはマケを含めての）の独創というのは、物語の骨子でいえば、決められた日時までにダイヤモンドの飾り紐金具を王妃に届けるダルタニャンと三銃士の活躍だけとなる。だが、この筋立てこそが、ぐいぐい物語を引っ張ってゆく『三銃士』の牽引力なのである。この筋立てのおかげで、読者は目的地を物語のはるか前方の視野に定め、それに向かって、読書という道程を急ぐことになるのだ、途中目に入る光景に一喜一憂しながら。

こうした、あと戻りのきかない「直線的時間」の概念は、ヘブライズムが西欧の農耕的な「円環の時間」に移植したもの（真木悠介著『時間の比較社会学』一九八一）だが、近代市民社会はこれに、時間を計量化することを（そして、さらに、時給、日給のように金銭化することを）加えた。この『三銃士』の「直線的時間」が市民読者の隠れた時間認識と波長をぴったりと合わせた、というのが、『三銃士』の成功の秘密ではないだろうか？

こうした仕掛けは、デュマがこれを、メロドラマを中心とする大衆演劇から学んだことにほぼ間違いはない。ある期限が設定されて、それまでに、善玉グループと悪玉グループがそれぞれの勝利をかけて一つのゴールをめざしてしのぎを削りあう。この典型が、ノディエがフランスで広めた前述の『吸血鬼』ものだ。ある期限が決められて（ノディエの『吸血鬼』の場合は「プロローグ」で指定される「三六時間」）、それまでに、吸血鬼に魂を渡すうら若い女性を籠絡しなければ、永遠の地獄の責め苦が吸血鬼を待っている。こういう設定から、ストーリーは始まる。この期限が刻一刻と迫るなかを（残り時間二四時間、一二時間、六時間と台詞に時間をまぎれこませて、観客にカウントダウンをさせながら）、善玉グループと吸血鬼が争うわけだ。

この演劇作法の極致がウジェーヌ＝スクリーブとアンヌ＝メレヴィルの合作、一幕コメディーヴォードヴィル『吸血鬼』（一八二〇年初演）だ。なにしろ、残り時間のカウントダウンにつれて、登場人物の台詞がどんどん短くなり、劇の進行が加速度的に速まるのだから、観客は手に汗握るどころか、息をもつかせぬ緊張の高まりに身も心も奪われるのだ。

このような「直線的時間」の技法に、比類ないデュマの構成力が加わるものだから、読者は毎回ハラハラ、ドキドキ。連載の次回分という麻薬を、喉から手が出るほど欲しがるというわけだ。

『三銃士』の反響

こうして、一八四四年三月一四日から同年七月一四日まで『三銃士』は「シエークル」紙に連載された。

アンリ＝ダルメラは前掲書のなかで「フランス全土が『三銃士化』してしまった」と述べながら、『三銃士』の大反響をつぎのように描写している。

地方では、毎日、「シエークル」紙の到着時刻が近づくと、一刻も早く『三銃士』のつづきが読みたくて、人々は一団となって郵便配達夫や運搬業者を迎えに行ったという。パリでは、高級住宅街の大邸宅から、ダウンタウンの安アパートまで、どんな家でも『三銃士』の話で持ちきりで、乗合馬車のなかでも、街角でも、ところかまわず、人々は『三銃士』に読みふけった。

当時、総理大臣兼外務大臣であったフランソワ＝ギゾーは、「シエークル」紙が彼をもっとも激しく攻撃する敵方の新聞であったにもかかわらず、毎日欠かさず「シエークル」紙を秘書官に持ってこさせた。そして、あるとき、秘書官にこんな言葉を漏らしたという。

「いや、何も、『シエークル』紙がこのわしのことを何と言っておるか、気になるというわけではないのだ。『シエークル』紙がダルタニャンのことを何と言っておるか、気になって仕方がないのだよ。」

このように、連載中から大評判の『三銃士』だったが、単行本も爆発的な売れ行きを示した。単行本はパリのボードリ社から全八巻で売り出された。全八巻の値段が六〇フラン（七万円見当）。当時は、今日と出版事情がまったく違い、本の値段もずいぶん高かったから、これでも、当時としては常識的な値段だった。

ライオンズの『書物の勝利』が一八四六年から一八五〇年にかけてのベストセラーを表にして掲げているが、『三銃士』の推定総発行部数は二万四〇〇〇から三万五〇〇〇部であり、これは、シュー著『パリの秘密』の二万二〇〇〇から二万八〇〇〇、同じくシュー著『さまよえるユダヤ人』の二万五〇〇〇を上回る数字である。前述のように、『パリの秘密』と『さまよえるユダヤ人』でシューが得た印税がそれぞれ約一〇万フラン（一億二〇〇〇万円見当）、約一二万フラン（一億四〇〇〇万円見当）であったから、『三銃士』によって、デュマ（あるいは実は彼の債権者）が掌中に収めたのも、ほぼこれに匹敵するか、これ以上の金額。ざっと見積もって、一五万から二〇万フラン（二億円見当）であったろう。いやはや、現代のベストセラー作家も顔負けのすごい収入だ。

さらに、デュマは、マケの協力を得て、『三銃士』を五幕劇に仕立てると、一八四五年一〇月二七日、アンビギュ＝コミック座で上演させているのだから、その飽くなき創作欲（商魂？）には恐れいる。

言うまでもないことだが、デュマは『三銃士』の大ヒットによって、押しも押されもせぬ新聞小説の王者となった。デュマのもとに注文が殺到した。バランス感覚が発達しているというか、義理堅いというか、デュマは、一社に偏ることなく、どの新聞とも執筆の契約を結んだ。そんなわけで、その後のデュマの新聞小説は「デバ」紙には『モンテ＝クリスト伯爵』（一八四四年八月二八日から一八四五年一月一五日）、「プレス」紙には『王妃マルゴ』（一八四四年一二月二五日から一八四五年四月五日）、「シエークル」紙には『二〇年後』（一八四五年一月二一日から同年八月二日）、「デモクラシー＝パシフィック」紙には『赤い館の騎士』（一八四五年五月二一日から一八四六年一月二〇日）、「コンスチチュシヨネル」紙には『モンソローの奥方』（一八四五年八月二七日から一八四六年二月一二日）がそれぞれ連載されることになる。

続編『二〇年後』

執筆および発表の順番は『モンテ＝クリスト伯爵』よりも遅くなるが、『三銃士』の続編としては、『二〇年後』と『ブラジュロンヌ子爵』がある。すでに見たように、『三銃士』の連載は一八四四年三月一四日から同年七月一四日にかけてであり、『二〇年後』の連載は半年経った一八四五年一月二一日から同年八月二日にかけてであった。『ブラジュロンヌ子爵』は、『二〇年後』から二年経った一八四七年一〇月二〇日から一八五〇年一月一二日にかけて、前二作と同じ「シエークル」紙に連載された。

単行本としては、『二〇年後』は一八四五年に全一〇巻で、『三銃士』と同じボードリ社から、『ブラジュロンヌ子爵』は『ブラジュロンヌ子爵あるいは一〇年後』という題で、一八四八年から一八五〇年にかけて、パリのミシェル＝レヴィ兄弟社から、全二六巻で出版されている。

『二〇年後』の内容は以下のとおりだ。

『三銃士』の結末から二〇年の歳月が流れ、時は一六四八年。ルイ一三世の他界を受けて、一六四三年、ルイ一四世が四歳にして即位し、王母のアンヌ＝ドートリシュが後見役の摂政を務めていた。リシュリュー枢機卿も一六四二年に没し、代わってマザラン枢機卿がアンヌ＝ドートリシュの信任を得て、政治の実権を握っていた。相変わらず銃士隊に籍を置くダルタニャンは、ある日、宰相マザランから召喚される。

「ご苦労だが、アトス、ポルトス、アラミスを至急、銃士隊に呼び戻してくれないか？　おまえたちでなければ頼めない任務があるのだ。」

マザランのこの言葉がきっかけとなって、ダルタニャンは、あの史上名高い「フロンドの乱」の渦中に巻きこまれることになる。絶対主義王政を確立しようと強引に改革を進めたマザランに、高等法院を拠点とする旧来の官僚、特権にしがみつく封建貴族が反撥して起こした反乱が「フロンドの乱」（一六四八〜五三）だ。

マザランの命を受けて、ダルタニャンは二〇年ぶりで三銃士を訪ねるが、ダルタニャンに与するのは、ポルトスひとり。あとのふたりは、結局、フロンド側に回ることになる。アラミスは修道士の道を選び、イエズス会に入って高位に就いていた。愛人のロングヴィル公爵夫人と謀って、フロンドのために謀略をめぐらす。アトスは銃士隊を去ったあとラ＝フェール伯爵の身分に戻っていた。領地の城に引きこもり、いまは息子のラウールの養育に専念している。ラウールはアトスとシュヴルーズ公爵夫人とのあいだに生まれた子供で、のちのブラジュロンヌ子爵だ。封建貴族としての立場から、アトスはフロンドに心を寄せていた。「フロンドの乱」の混乱のなか、マザランの密命を帯びて、ダルタニャンとポルトスはイギリスに渡る。

「クロムウェルを説き伏せて、イギリス国王チャールズ一世を処刑から救え」というのが密命だ。チャールズ一世の救出については、フロンド側も利害が一致し、フロンド側からはアラミスとアトスがイギリスに送りこまれていた。再会を果たした四銃士は、共通の目的のために邁進するが、あえなく、チャールズ一世は処刑台の露と消える。おまけに、四銃士に復讐を誓う、ミラディの息子モードントの執拗な追撃に四銃士は苦戦する。モードントに殺されそうになったアトスがモードントを殺し、からくも、四銃士は無事フランスに逃げ帰る。宰相マザランの勘気《かんき》を蒙った四銃士はマザランに捕らえられるが、そのあと逆に今度はマザランを捕虜にする。フロンドに有利な譲歩をマザランから引き出すと、四銃士はとうとう互いに袂を分かつことになる。このとき、アトスは息子のラウール＝ド＝ブラジュロンヌ子爵をダルタニャンに託す。ダルタニャンは武勲によりすでに銃士隊隊長に昇格していた。

三部作最後の『ブラジュロンヌ子爵』

さて、『二〇年後』の続編で、『三銃士』に始まる三部作の最後を飾る『ブラジュロンヌ子爵』だが、この物語はこうして始まる。

『二〇年後』の結末から一〇年の歳月が流れた一六六〇年のこと。前作で処刑されたチャールズ一世の次男、チャールズ二世は国を追われて大陸で亡命生活を送っていたが、従弟のフランス国王ルイ一四世と会見する機会を得、王位奪還の援助を懇願する。これを知った宰相マザランは難色を示すが、前作でチャールズ一世の救出に失敗し、みすみすスチュアート王朝を断絶させて、慚愧《ざんき》に耐えないダルタニャンは、

「自分ひとりの力だけでも、チャールズ二世を擁してスチュアート王朝の復活を計ろう」と決意を固める。

イングランド＝スコットランド軍総司令官モンク将軍をダルタニャンは拉致《らち》し、オランダのブレダにいるチャールズ二世のもとに連れていく。イギリスではすでに一六五八年にクロムウェルが没し、三男のリチャード＝クロムウェルが護国卿となって政権を引き継いでいたが、翌年には早くも行き詰まりを見せ、辞任に追いこまれていた。こうした状況で、ダルタニャンの仲介により（これ

はむろんデュマのフィクション）、一六六〇年ブレダでチャールズ二世はモンク将軍と会談したのだ。信教の自由、政治犯の大赦などを「ブレダ宣言」で約したあと、チャールズ二世はイギリス国王に即位し、悲願の王政復古を実現する。

そうこうしているうちに、フランスでは、宰相マザランが他界し、いよいよ太陽王ルイ一四世がじきじきに政治を行う親政が始まる。政治地図も塗りかえられ、コルベールとフーケという二大寵臣が鍔《つば》迫り合いを演じる。イギリスの王政復古を成功させた功績もあって、ダルタニャンに対するルイ一四世の信任はますます厚くなる。

そんなとき、妙な噂がたつ。フーケが公金を横領し、自分の居城であるベリール城を強固に改築中である、というのだ。

「フーケに謀反の心があるのかどうか、しかと検分してまいれ。」

ルイ一四世の命を受けて、ベリール城に乗りこむダルタニャン。

いざ、ベリール城に着いてみると、その改築の指揮を取っているのは、ほかならぬ、ポルトスではないか！　ヴァンヌの司教という高位に就いたアラミスもフーケと気脈を通じていた。アラミスの諫言で、フーケは危険を察知し、すばやく、ベリール城を国王に返上する。

イエズス会総会長の位に昇りつめたアラミスだが、さらに、法王となって教会権力の頂点に立つ野望を抱き、一世一代の大それた計略を思いつく。当時、バスチーユの監獄には、国家安泰のためと称して、人知れず、国王と瓜二つの双子の兄弟フィリップ王子が幽閉されていた。このフィリップ王子と国王ルイ一四世をすり替えようというのだ。ポルトスの助けを借りて、このすり替えに成功したアラミスは、フーケを陰謀に引きこむべく、フーケに秘密を打ちあける。冷遇されながらも、国王に忠誠を誓うフーケは、直ちにバスチーユに馬車を飛ばしてルイ一四世を救出する。この間に、アラミスとポルトスはベリール城を目指して落ちのびる。

この一件でかえって自尊心を傷つけられた国王は、感謝の言葉を口にする舌の根も乾かぬうちに、フーケを憎みはじめる。コルベールを重用し、ついに、銃士隊隊長ダルタニャンに命じて、フーケを逮捕させる。フーケの居城ベリール城に立てこもったアラミスとポルトスを、ダルタニャンを総指揮官とする国王軍が攻撃する。ベリール城の陥落とともに、ポルトスはあえなく戦死を遂げ、アラミスはスペインに逃れる。

こうした権力闘争と並行して、うるわしくも哀しい恋物語も進行する。アトスの息子のラウール＝ド＝ブラジュロンヌ子爵は前作の『二〇年後』で隣家の娘ルイーズ＝ド＝ラ＝ヴァリエールとともに幼年時代を過ごしたが、長ずるにしたがって、この幼なじみのルイーズを愛するようになる。思いあまって、国王にルイーズとの結婚の許可を願いでるが、けんもほろろに拒否される。それもそのはず。ルイーズは国王ルイ一四世の愛人になっていたのだ。国王はラウールを宮廷から遠ざけるべく、ロンドンに派遣する。ロンドンから戻っても、ラウールはルイーズを諦めきれず、再び国王に結婚の許可を願いでて拒否される。国王の従兄ボーフォール公爵率いるフランス軍が北アフリカに遠征するが、この遠征軍にラウールは自ら志願して参加する。そして、ついには、北アフリカのギゲルリで愛馬の暴走を止められず敵陣に突っこんで討ち死にする。老いて病を得たアトスも最愛の息子のあとを追うように息を引きとる。

やがて、オランダとのあいだに戦端が開かれ、一万二〇〇〇の国王軍を率いてダルタニャンはオランダへ進軍する。戦功めざましく、ダルタニャンは元帥昇進の報を戦場で受けるが、その直後、大砲の弾に吹き飛ばされて壮絶な戦死を遂げる。四銃士のうちで、アラミスだけが生き残ることになる。

『四銃士』と題するエッセー（一九九五年刊）のなかで、ミシェル＝ゲランは、「『二〇年後』、さらには『ブラジュロンヌ子爵』はいくらか魅力が失せている感じで、私はこれまで何の迷いもなく『三銃士』がいちばん好きだったが、今回、三部作を読みなおしてみると、どうも『二〇年後』がいちばん好もしいように感じてしまう」と述べている。息をもつかせぬ物語の展開の妙ならば、『三銃士』。歴史の記述の重厚さを味わうなら、『ブラジュロンヌ子爵』。その両方の長所がほどよくマッチしたのが『二〇年後』といったところか？　三部作の一作一作に独特の魅力があって、甲乙つけがたいというのが偽らざるところだ。

V　ベストセラー作家として

「小説製造アレクサンドル＝デュマ会社」

一八四五年二月一七日付「文芸家協会」宛のデュマ自身の書簡によれば、「一日一二時間から一四時間仕事をする習慣が身についている」というデュマ。彼は、それこそ馬車馬のように働き、知恵と技芸の神アテナも、詩と知的活動全般の神ミューズたちも、美と豊饒の神アプロディテも顔色をなくすくらい立て続けに、幾多の傑作を世に送りだした。

相次ぐ連作小説の執筆

『三銃士』『二〇年後』『ブラジュロンヌ子爵』の三部作が爆発的な人気を博したのに味をしめて、デュマは柳の下の二匹目、三匹目のドジョウを臆面もなく狙った。連作、連作の連続で読者を攻めたてて、自分の小説世界に何年ものあいだ読者を釘づけにすることに成功したのだ。

『三銃士』の「シエークル」紙への連載が終わった翌月、一八四四年八月二八日から同年一〇月一八日まで、「シエークル」紙とは商売仇の「プレス」紙に『王妃マルゴ』を連載し、その続編『モンソローの奥方』はさらに商売仇の「コンスチチュショネル」紙に翌一八四五年八月二七日から一八四六年二月一二日まで連載している。これに『四五人隊』（一八四七年五月一三日から同年一〇月二〇日まで「コンスチチュショネル」紙に連載）が加わって、三部作を構成することになる。

『王妃マルゴ』と『モンソローの奥方』のあいだが一一か月近く空くが、ちょうどこの間に『三銃士』の続編である『二〇年後』を一八四五年一月から八月まで「シエークル」紙に連載していたのだ。それに、『モンソローの奥方』と並行して、一八四五年五月二一日から一八四六年一月二〇日まで『赤い館の騎士』を「デモクラシー＝パシフィック」紙に連載した。また、『モンソローの奥方』と『四五人隊』の合間には、『ジョゼフ＝バルサモ──ある医師の回想録』を一八四六年六月二日から同年九月六日まで「プレス」紙に連載している。さらに、『四五人隊』の連載が終わるか終わらないかの一八四七年九月三日から始めて一八四八年一月二二日まで、「プレス」紙に『ジョゼフ＝バルサモ』の続きを連載している。

『ジョゼフ＝バルサモ』のあとを受けて、『王妃の首飾り』（一八四九年二月二三日から一八五〇年一月二七日まで「プレス」紙に連載）、『アンジュ＝ピトゥー』（一八五〇年一二月一七日から一八五一年六月二六日まで「プレス」紙に連載）、『シャルニー伯爵夫人』（一八五二年から一八五五年にかけてブリュッセルのメリーヌ社から全一七巻で、一八五三年から一八五五年にかけてパリのカドー社から全一九巻で別個に刊行）と相次いで上梓し、『ある医師の回想録』の名で括られる四部作を完成させている。

『王妃マルゴ』三部作は、サン＝バルテルミーの虐殺を頂点とする、一六世紀、宗教戦争前後の王侯貴族の血で血を洗う謀略合戦を、『ある医師の回想録』四部作は一八世紀末、王妃マリー＝アントワネットと民衆の対立を軸とするフランス革命の動乱をみごとに描ききり（これに、恐怖政治の時代を扱った前出の『赤い館の騎士』を加えて、フランス革命五部作とすることもできる）、雄大にして絢爛たる歴史絵巻を創出しているのだ。

質、量ともに圧倒的なデュマの小説の魅力にとりつかれて、読者はデュマの小説なしでは一日たりとも日が暮れなくなってしまった。新聞社、出版社の注文はデュマのもとに殺到し、ごく一部の売れっ子作家を除いて、デュマ以外の同業者たちは、いわば「商売あがったり」となる始末。

デュマの反撃

「独占禁止法違反だ！」

現代の商業活動ならば、こう周囲が叫ぶところだが、むろん、当時はそんな法律はないし、ましてや、文学あるいはエンターテインメントの世界にそんな規制などない。やっかんだ同業者がこそこそ陰口を叩いたり、愚にもつかない中傷本を出版したりするのが関の山だった。

そんな中傷本の一冊に、『小説製造アレクサンドル＝デュマ会社』があった。ウジェーヌ＝ド＝ミルクール（いかにも上品な貴族名前だが、これはただのペンネーム。本名はシャルル＝ジャン＝バチスト＝ジャコで、どこにでもある平凡な名前）という駆けだしの作家が書いた小冊子だ。一八四五年二月に出版されるやいなや、この小冊子はまたたく間に読書界の話題をさらった。古今東西を問わず、この手のゴシップには、砂糖菓子に群がる蟻のように、衆人が群がるというわけだ。

それにしても、ミルクールはなかなか事情に通じていた。なにしろ、オーギュスト＝マケ、ガイヤルデ、アドルフ＝ド＝ルーヴァン、ジェラール＝ド＝ネルヴァルなどデュマの協力者たちの名前をいちいち列挙する周到さだった。ミルクールの論点を要約するとだいたい以下のようになる。

何人もの陰の協力者たちが、まるで奴隷のように、デュマのためにせっせと小説を書き、デュマはそれにデュマ印の署名をするだけ。工場生産よろしく、金もうけ本位に小説を量産し、デュマが小説のシェアを独占しているために、若くて有為な作家たちの活躍の場が奪われている（むろん、そのひとりがミルクール自身だというのだ）。

確かに、デュマのなりふりかまわぬ大量生産には、悪貨は良貨を駆逐する、という面はあったが、ミルクールの非難の動機のほうもあまり見あげたものとはいえなかった。つい先頃までミルクールは一攫《いっかく》千金を夢見て、「是非ともお役に立ちたい」とデュマにしつこく原稿執筆の協力を申し入れていた。それを断られた腹いせ、というのが中傷本を執筆した直接の動機だったのだ。

小冊子のなかでミルクールはデュマの私生活から、黒人の血筋が混じった出生まで引きあいに出して、デュマに罵詈《ばり》雑言を浴びせた。堪忍袋の緒を切らしたデュマは、敢然と反撃に出た。「文芸家協会」での審議に応じただけでなく、ミルクールを裁判所に告訴することもした。「血筋、人格、性格、私生活」にわたって著しくデュマの名誉を傷つけたとして、「文芸家協会」はミルクールを弾劾した（ジンメルマン『大アレクサンドル＝デュマ』引用「文芸家協会」の記録文書）。裁判所もデュマに軍配をあげ、小冊子『小説製造アレクサンドル＝デュマ会社』は

『小説製造アレクサンドル＝デュマ会社』の表紙

発禁・押収、作者のミルクール自身は一五日間の禁固刑、それに、新聞で裁判所の裁定を公表すべし、という裁定を下した。

『モンテ-クリスト伯爵』の成立

無人島
モンテ-クリスト島

話は少し前に戻るが、『小説製造アレクサンドル＝デュマ会社』騒動の前年、デュマは、あの永遠のベストセラー『モンテ-クリスト伯爵』を発表した。「デバ」紙に、まず一八四四年八月二八日から一〇月一八日まで、ついで、たびたび中断しながら、一〇月三一日から一一月二六日、翌年六月二〇日から八月三日、八月一二日から一一月二九日、一二月二五日から一八四六年一月一五日という具合に連載し、合計一年五か月間、読者をヤキモキさせたあげくに完結させた。単行本としては、ペチヨン社から、一八四四年から四六年にかけて、連載を少しずつ追いかける形で（これも読者をヤキモキさせる巧みな販売戦略だった）、全一八巻で出版した。『モンテ-クリスト伯爵』執筆の経緯は、のちに、『よもやま話』（一八五四～六九）収載の「モンテ-クリスト伯爵の戸籍」と題する文章のなかで、デュマ自身が明らかにしている。

一八四二年、デュマはイタリアに旅行したが、旅行中フィレンツェで元ウェストファリア王ジェロームの息子で、ナポレオン一世の甥にあたるジョゼフ-シャルル＝ボナパルトの知遇を得た。ジョゼフ-シャルル王子は当時、一九歳。深い知性と幅広い教養に恵まれ、それでいて、かざらない気さくな性格に、すっかり王子が気に入ったデュマは、父親のジェロームに乞われるままに、王子のお供をしてエルバ島へ渡った。いうまでもなく、エルバ島は、対仏同盟軍に破れたナポレオン一世が、一八一四年に流された島だ。エルバ島は、イタリア北部の地中海上、イタリア半島とコルシカ島のあいだ、イタリア半島からたかだか一〇キロほどのところにある。その隣にピアノサ島があり、エルバ島を訪ねたあと、ふたりはこの島で狩りを楽しんだ。その帰りに、船は、とある小島の近くを通った。美しい円錐形の島だった。

「無人島ですよ。モンテ＝クリスト島といいます」と船員が教えた。

しばらく島を眺めていたデュマが、ふと王子に言った。

「そうですね。船旅のお供をさせていただいた記念に、この島の名前をつけることにいたしましょう、つぎに私が執筆する小説のタイトルに。」

パリに戻ったデュマは、翌年、かねてから話のあった全八巻の歴史書『パリ探訪記』の執筆にかかろうとしたが、出版社からストップがかかった。折しも「デバ」紙にウジェーヌ＝シューの小説『パリの秘密』が連載中（一八四二年六月一九日から翌年一〇月一五日）であり、空前の大ヒットを飛ばしていたのだ。

「同じパリを描くにも、是非とも小説、それも、『パリの秘密』の向こうを張る、とびっきり波瀾万丈のベストセラーをお願いしますよ。」

出版社の勝手な予定変更だったが、「まあ、それもよかろう」とデュマは腹も立てずに受けいれた。

警察の記録を種本に

実は、デュマには目星がついていたのだ。ジャック＝プーシェ著『パリ警察古文書調査覚書』（一八三八）の第五巻で以前読んだことのある、二〇ページばかりの逸話がお誂え向きだった。「ダイヤモンドと復讐」という題のついたこの逸話は、むろん警察古文書に記録された、れっきとした実話に基づいている。

第一帝政期、パリに住む若い靴屋の話。靴屋が大金持ちの娘と結婚することになり、それを妬んだ靴屋の友人四人が、靴屋を「王のスパイ」として皇帝の官憲に密告する。靴屋は夜中密かに逮捕され、詮議も受けず七年間牢獄に閉じこめられる。牢獄で知りあったイタリア人の聖職者に、靴屋は献身的に尽くす。その聖職者の臨終を看取り、聖職者から莫大な遺産を譲りうける。釈放後、靴屋はその遺産を手にパリに舞い戻り、変装を駆使して、かつて自分を陥れた友人四人にじわじわと真綿で首を絞めるように復讐をする。以上のような話だ。

この四人のうちの首謀者格が靴屋の逮捕後、靴屋の元フィアンセと結婚するなど、大筋だけでなく細部についても『モンテ・クリスト伯爵』そっくりだが（ただし、元の逸話では主人公は四人目の仇には正体を見破られ、返り討ちにあって殺されてしまう）、この逸話をなぞるようにして登場人物を設定し、デュマは『モンテ・クリスト伯爵』のアウトラインを描いた。そして、早速マケに相談をもちかけた。

「主人公ダンテスとメルセデスの恋、ダングラールやフェルナンの密告の卑劣さ、獄中でのダンテスとファリア神父の交流。このあたりをたっぷりと時間をかけて描きこむ。そんなふうにしたら、なおのこと感動的な物語に仕上がりませんか？」

マケに指摘されて、デュマは一晩考えた。翌日、やはりマケの言うとおりだと判断して、マルセイユ、ローマ、パリの三都市を舞台とする壮大なプロットを案出したのだ。


こうして、執筆の始まった『モンテ゠クリスト伯爵』だが、いかに変化に富んだ絶妙の筋運びによってこの小説ができあがっているか。それをご理解いただくために、少々詳しくストーリーを追ってみよう。

ストーリーの展開

時は、下敷きになった逸話からほんの少し後の時代、王政復古期の一八一五年（「百日天下」を含む）から七月王政の一八三九年までの二五年間。物語の発端はパリではなく、南フランス、地中海岸屈指の港町マルセイユ。主人公エドモン゠ダンテスは二〇歳前の青年で、三本マストの大型帆船ファラオン号の一等航海士。船主モレルの信任厚く、急死した船長に替わってつぎの航海から船長に昇格することを約束される。それを知って、心穏やかでないのが、ファラオン号の会計係ダングラール。それに、エドモンの父親の隣人カドルース。一方、ダンテスにはメルセデスという美しいフィアンセがいたが、このメルセデスに横恋慕しているのがメルセデスの従兄のフェルナン。

ファラオン号の船長から、いまわの際にダンテスは重要な使命を託されていた。ナポレオン一世は目下、対仏同盟軍の手でエルバ島に島流しにあっていたが、ナポレオン一世に同行してエルバ島にいる側近ベルトラン将軍に包みを届けるというものだった。これを果たすために、ダンテスはエルバ島にファラオン号を寄港させたのだが、その際、ベルトラン将軍から、パリの、ある人物に届けてほしい、と手紙を預かった。この手紙のことをダンテスから聴きだしたダングラールは、フェルナン、カドルースと謀って、官憲に密告する。婚約の宴の真っ最中、警察が踏みこんで、ダンテスは逮捕される。

取り調べにあたった若い検事代理ヴィルフォールは、ダンテスがベルトラン将軍から託された手紙の宛名を見て、顔面蒼白となった。宛名の「ノワルチエ氏」というのは、ヴィルフォール自身の父親だったのだ。ノワルチエはナポレオンと気脈を通じ、密かにナポレオンの復権を画策している人物。——この手紙のことが知れて、ノワルチエが自分の父親だということがこの男の口から露見したら、身の破滅、せっかくつかんだ出世の糸口も切れてしまう——そう思ったヴィルフォールは、人知れずダンテスを海上の牢獄「イフ城」に送りこむ。

『モンテ-クリスト伯爵』の挿絵
ダンテスとメルセデス

一四年間もイフ城に閉じこめられたすえに、ダンテスはついに脱獄に成功する。獄中で知りあい、その最期を看取ったイタリア人の政治犯ファリア神父から、モンテ-クリスト島に隠された莫大な財宝を譲りうけていた。脱獄後、ダンテスはこれを手にして、復讐に乗りだす。

手始めに、いまは落ちぶれて安宿を営むカドルースを、変装して訪ね、カドルースから巧みに関係者の消息を聴きだす。ダンテスの父親はすでに貧困に打ちひしがれて他界し、父親に援助を惜しまなかったモレルも破産寸前だった。ダングラールはスペインの銀行家の娘と結婚し、この娘の死後は、国王の侍従の娘と再婚して、男爵の称号を得た。巨万の富と名誉を掌中に栄耀栄華《えいようえいが》を極めていた。

フェルナンは軍隊に入って、とくに一八二三年スペイン革命の鎮圧に軍功著しく、連隊長の地位と伯爵の称号を手に入れた。こうしてモルセール伯爵となったフェルナンは、さらに、ギリシア独立戦争の混乱で大儲けをして、いまはパリに豪壮な邸宅を構えている。

メルセデスはダンテスの父親の面倒を見ながら、父親の死後も含めて一年半、ダンテスの帰りをひたすら待ったが、ついに、フェルナンの求婚に抗しきれずに応じた。フェルナンとのあいだにアルベールという男の子をもうけて、財産家の伯爵夫人として何不自由ない生活をパリで送っている。

ヴィルフォールはサン゠メラン侯爵の令嬢と結婚し、マルセイユを離れていた。

こうした関係者の消息を聴いたあと、別れ際に、ダンテスはカドルースに一粒のダイヤモンドを与える。それをカドルースは宝石商に売るが、つい魔がさして宝石商を殺してしまい、捕らえられて無期懲役となる。カドルースと別れたダンテスは、真っ先にモレルを破産から救った。財力にものを言わせて、ダンテスはモンテークリスト島を買い取り、この島を領地としてイタリアの、時の政府から伯爵の称号を手に入れた。さらに、地中海全域の海賊、ローマの山賊をてなずけて、モンテークリスト島の地下に、壮麗無比な宮殿を建造した。船乗りシンドバッドと名乗ってその宮殿に住んだり、モンテ-クリスト伯爵としてローマで贅の限りを尽くしたりしながら、フェルナンの息子アルベールと親交を結んだ。アルベールはいまはりっぱな青年貴族に成長し、ローマに来ていたのだ。ローマの山賊に誘拐されたアルベールをダンテスは救いだす。

　モンテ-クリスト伯爵ことダンテスはパリに居を移し、アルベールの両親であるモルセール伯爵夫妻（すなわち、フェルナンとメルセデス）から、息子の命の恩人として丁重なもてなしを受ける。再会の瞬間、メルセデスは愛する女の勘で、忘れえぬかつての許婚者ダンテスの正体を見抜くが、口には出さない。フェルナンはすでに貴族院議員になっていた。

　並はずれた富の力と伯爵の称号を背景に信用を勝ちえながら、巧みにダンテスはダングラール家にも、また、ヴィルフォール家にも入りこむ。こうして仇たちの家庭の事情が手に取るように分かる立場に立ったダンテスは、仇たちの弱点をつかみ、虎視《こし》眈々《たんたん》と復讐の機会を狙った。ダングラールは銀行のオーナーであり、さらに、下院議員になっていた。ヴィルフォールは主席検察官として、パリの法曹界に隠然たる勢力を張っていた。

　ベネデットというイタリアの不良青年が大金持ちの貴族になりすましているのを見て見ぬふりをして、ダンテスはダングラールに引きあわせる。ダングラールの娘ウジェニーにフェルナンの息子アルベールは恋をし、ダングラールとフェルナンもふたりを結婚させる約束をしていたのだが、ベネデットの家柄と財産に惹かれて、ダングラールは娘をベネデットと婚約させる。結婚の当日になって、ベネデットが脱獄囚であることが明るみに出る。いっしょに脱獄し、秘密を知るカドルースをベネデットは口封じに殺したが、そのまえに、真相を暴露する手紙をダンテスはカドルースに書かせ署名させていた。この手紙をダンテスが警察に届けたのだ。この結婚によって資金を得て、なんとか銀行の倒産を免れようとしていたダングラールは当てがはずれて破産する。

かつてフェルナンがギリシア独立戦争で大儲けをし、今日の栄達の礎を築いたのは、実は、卑劣な裏切り行為によってだった。莫大な報酬と引きかえに、フェルナンは恩義のある、ギリシア独立運動の盟主アリ＝パシャを敵のトルコ軍に売り渡したのだ。そのうえ、非道にも、フェルナンは捕らえたアリ＝パシャの妻と娘を奴隷として売りとばし利益を得ていた。このことが、降って湧いたように新聞の記事になり、貴族院議員フェルナンは議会で釈明を余儀なくされる。アリ＝パシャの娘エデは奴隷の境遇からダンテスに救われていっしょにパリに来ていたが、新聞でフェルナンのことを知り、議会で真相を証言した。

フェルナンの息子アルベールはこの一件の黒幕をダンテスだと考えて、父への侮辱を晴らすため、ダンテスに決闘を挑んだ。決闘の前日、メルセデスはダンテスに息子の命乞いをするとともに、フェルナンがダンテスにした過去の仕打ちを息子に打ち明ける。決闘の前に、アルベールはダンテスに父の罪を率直に詫びる。ダンテスはアルベールを許し、アルベールとメルセデスはすべてを捨ててフェルナンの家を出る。なにもかもがダンテスの復讐だったことを知ったフェルナンは、妻子に蔑まれ見捨てられた絶望から自殺を遂げる。

ヴィルフォール家では、ヴィルフォール夫人が、実子であるエドゥワールに是が非でも家の財産を相続させようとして、先妻の母親を毒殺し、先妻の娘であるヴァランチーヌに少量ずつ毒をもっていた。恩のあるモレルの息子マクシミリヤン＝モレルに頼まれて、ダンテスはヴァランチーヌを守る役を引きうける。だが、ヴァランチーヌはあえなく死に、妻の犯罪を見抜いたヴィルフォールは保身のために妻に自殺を強要する。

ベネデットの裁判が始まり、ベネデットは「ヴィルフォール主席検察官こそが自分のほんとうの父親だ」と、自分がヴィルフォールとダングラール夫人のあいだの捨て子であることを暴露する。社会的信用を失い、絶望したヴィルフォールが屋敷に戻ると、妻は息子の幼いエドゥワールを道連れに自殺していた。ヴィルフォールに自分の正体を明かしたダンテスは、ヴィルフォールから母子の無惨な死体を見せられて、自分の復讐がもはや人間として超えてはならない一線を超えてしまったことを悟る。やがて、苦痛に耐えきれず、ヴィルフォールは発狂してしまう。

国外に逃亡したダングラールはローマでダンテスの手形を換金する。それを見張っていた山賊に捕らえられ、監禁されて、恐怖と飢えに苦しめられる。最後にダンテスが現れ、正体を明かすと同時にほかのふたりの末路を話す。ダンテスはダングラールを赦免するが、ひとりになって、ダングラールは捕らえられているあいだに、心労のあまり、自分の髪が真っ白になっていたことに気づく。

マクシミリヤン＝モレルはダンテスの招きに応じて、モンテ＝クリスト島へやってくる。そこで、死んだはずの恋人ヴァランチーヌに再会する。ダンテスは周囲にヴァランチーヌが死んだものと信じこませることで、彼女を助けたのだった。再会の翌朝、ふたりが気づくと、すでにダンテスはエ

デとともに新しい航海に出ていた、幸福な若いふたりに、
「人間の英知はつぎの二つの言葉に集約される、すなわち、待つこと、そして、希望を持つこと」
という言葉を残して。

時間と空間のリアリズム

以上の梗概では煩雑を避けるために、順を追って別個に筋をたどったが、仇敵三人に対するダンテスの復讐劇は、実際の小説では同時進行で重なりあい、いわば重厚な交響曲を奏でているのである。そして、その交響曲は完璧としかいいようのない構成によって、ラストのクライマックスめざして、いかにも自然に、同時に、この上なくドラマチックに収《しゅう》斂《れん》していくのだ。

もとはといえば、こうした交響的なプロットの構築は、デュマ、いやフランス近代小説がイギリスの作家ウォルター゠スコット（一七七一～一八三二）から学んだものだった。『アイヴァンホー』（一八一九）、『ケニルワース』（一八二一）、『クエンティン゠ダワード』（一八二三）といったスコットの歴史小説は、一八二〇年ごろからフランスで陸続と翻訳・刊行され、一八二〇年代を通して、フランスにおける小説ジャンルの変革に大きく貢献した。

まず、なによりも、フランスにおいては、文学といえば、演劇や詩であり、小説は子女の娯楽に過ぎない低いジャンルとみなされていたが、スコットの歴史小説の登場によって、「文学による気晴らしに政治が残す時間を占める特権」（一八二三年二月四日付「レヴェイユ」紙）を得た。つまり、

政治に忙しい、ひとかどの男子の娯楽になったのだ。これによって、小説というジャンルは、文学といえば小説という、今日の地位に達する端緒を開いたことになる。

膨大な歴史資料を吟味し、そこから浮かびあがる過去の人物と出来事を一つの時代、一つの社会の総体のなかに有機的に再構成する。これは、政治・経済をはじめ、社会のあらゆる事象についての広範な学識と、深く鋭い洞察力を必要とする。読者の変化にともなって、小説の書き手もがらりと変わるのである。それまでの小説の書き手は貴族の有閑夫人が主流であったが、歴史小説の書き手は、政治と文学の両面で活躍する第一線の知識人となった。

こうして、スコットの流行と軌を一にして一八二〇年から一八三〇年ごろまでのあいだに、フランスでは優れた歴史小説が目白押しとなるのだ。アルフレッド＝ド＝ヴィニーの『サン＝マール』（一八二六）、プロスペール＝メリメの『シャルル九世年代記』（一八二九）、バルザックの『ふくろう党』（一八二九）、ユゴーの『アイスランドのハン』（一八二三）、『ノートル－ダム＝ド＝パリ』（一八三一）など、名作は枚挙にいとまがない。『三銃士』『二〇年後』『ブラジュロンヌ子爵』の三部作を代表とするデュマの連作歴史小説群も、当然ながら、この系譜に連なるのだ。

一つの時代、一つの社会を総合的に把握し、それらの総体と個々の事象との有機的な関係を打ちたてる。歴史小説執筆によって磨いたこの能力は、そのまま自分の生きている時代、自分の生きている社会にも応用できる。そんなわけで、一八三〇年代になると、バルザックはいち早く歴史小説の方法で同時代を舞台にした小説を書く。そして、それがのちに、総計二四〇〇人の登場人物を配し、同時代のあらゆる職種の営みと社会機構を再現した約一〇〇編の小説群『人間喜劇』に結実するのである。ユゴーの『レ・ミゼラブル』（一八六二）についても同じことがいえるし、ここで問題になっている『モンテ-クリスト伯爵』についても同じことがいえる。歴史小説の培った方法で、同時代の社会を描いたのだ。その描き方の技術、いいかえれば、ナレーションの技法だが、これもデュマを含めて上記のフランスの作家たちはスコットから学んだ。慧眼のユゴーは一八二三年にすでに、つぎのようにスコットのナレーションを分析している。「ミューズ＝フランセーズ」誌にユゴーが発表した、スコットの『クエンティン＝ダワード』についての論評の一節である。

「現実世界の出来事が展開するのと同じように、真実で変化に富んだ場面の形を取って、想像世界のストーリーが展開する。展開する種々のシーン以外にはどんな区切り方もしない。大道具と衣装の代わりを描写が務め、登場人物が自分の力で自分の姿を読者に示せるようにする。（……）そのような小説がスコット流の『劇的小説』なのだ。」

つまり、三次元空間のなかで、時間軸に沿って展開する現実の出来事を、現実の空間・時間もろとも、そのままナレーションで写し取ろうというのだ。シーンの展開する三次元空間を詳細な描写によってできるかぎり彷彿とさせ、人物が交わす会話、人物の行為を、それが現実に行われるのに限りなく近い時間経過を使って小説に再現する。演劇の空間・時間をさらに現実に近づけた映画を知っている二〇世紀のわれわれには、容易に理解できる空間・時間の再現の方法。そこでいま、まさに起こりつつあることを、そのままカメラに収める、あるいは実況中継する。そんな感じの描写法だ。これをスコットは徹底的に実践したし、スコットに倣ったユゴーも、バルザックも、メリメも、そして、デュマも実践したのだ。『モンテ＝クリスト伯爵』全編を読みかえしていただければ、全編がこの方法によって成りたっていることは一目瞭然だが、それは、例えば、章の冒頭に見られる、つぎのような言いまわしにも如実に表れている。

「同じ日、いま述べたようなやり取りをダングラール夫人がヴィルフォール主席検察官の執務室でしていたのとほぼ同じ時刻に、一台の小型四輪馬車がエルデール通りにさしかかり、その二七番地の門をくぐって、中庭で止まった。」（第六八章冒頭）

ヴィルフォールの執務室とエルデール通りという二つの異なる空間で、いま現にほぼ同じ時刻に、それぞれ出来事が進行中であり、ナレーションはこのように進行中の出来事を、映画のカメラが一つの空間から他の空間に切りかわるように、空間を自在に移動して読者に提示するのである。ここでは、ナレーターは事件を読者に語りきかせているのではなく、進行中の出来事をいわば実況中継しているのだ。こうしたナレーションの前提となるのは、小説中の出来事が三次元空間で、時間軸に沿って——現実での出来事の進行とまったく同じように——進行しているという認識だ。

このような映画を先取りした、時間・空間のリアリズムこそ、当時の社会の担い手であったブルジョアジーの、即物的な現実認識にぴったりだったのだ。

豪邸「モンテ=クリスト城」

土地の買い占め

マーチン＝ライオンズ著『書物の勝利』が一八四六年から一八五〇年にかけてのベストセラーを表にして掲げており、この表で『三銃士』の推定総発行部数が二万四〇〇〇から三万五〇〇〇部であったことはすでに見た。では、『モンテ＝クリスト伯爵』の推定発行部数はどれくらいだったのか？　この同じ表によれば、二万四〇〇〇から四万四〇〇〇部。上限でいえば、『三銃士』を二〇パーセント以上超えているのだ。『三銃士』の出版によってデュマが掌中に収めた金額が、ざっと見積もって、一五万から二〇万フラン（二億円見当）であったから、『モンテ＝クリスト伯爵』出版によるデュマの収入は一五万から二四万フラン（二億数千万円）であったと推定される。これに、当然、新聞掲載からの莫大な原稿料が入り、デュマはほかにもいくつもベストセラーを抱えこんでいたから、一八四〇年代でデュマが得た収入はどんなに少なく見積もっても、日本円で一〇億円は下らないことになる。

一八三〇年代の終わりごろ、デュマはジャック＝ドマンジュという実業家に多額の借金があり、これをデュマは一八四五年ごろまでかかって返済したと書いたが、なるほど、これだけの高収入があれば、借金返済も朝飯前だったわけだ。

ところで、宵越しの金は持たない、というのがデュマの信条であってみれば、借金返済の目処《めど》が立ち、少しでもお金に余裕ができると、デュマは早速それを使いたくてムズムズしてきた。

小説中で、モンテ-クリスト伯爵はパリとその近郊に広大な邸を買い取り、巨万の富をつぎこんで、たちどころに、目にもまばゆい豪邸に改築したが、どうも、それは、作者のデュマが、自分自身の隠れた願望を小説の主人公の行為に投影したものらしい。

オペラ座に近いショセ-ダンタンに自宅を構えながら、デュマは一八四三年から、パリの西の郊外サン-ジェルマン-アン-レーに別荘を借りていた。二〇歳の若者に成長し文学を志すようになっていたデュマ＝フィスとともに、この別荘で原稿執筆に明け暮れていたが、懐具合がよくなると、近所の土地の買い占めを始めた。かねてから目をつけていた、セーヌ河畔の、見晴らし抜群の土地。一八四四年七月二一日と八月五日に、フィルマン＝シュヴァリエという地主から一四二八平方メートル（約四三〇坪）を七五〇フラン（一〇〇万円見当）で買ったのを皮切りに、合計二〇人弱の所有者の細切れの土地、ついには、サン-ジェルマン慈善院所有の土地まで買い集めてパッチワークを完成させた。

常軌を逸した豪邸の建設

当時としては売れっ子の、イポリット＝デュランという建築家にデュマは館の設計を依頼した。

「地盤が粘土質で建物が安定しませんからね。まず、土台をそうとう地下深くまで掘りこまなけ

「モンテークリスト城」本館

ればなりません。そう、最低二〇万フラン（二億五〇〇〇万円弱）は見ていただかないと……」

「なあーに、心配はご無用。金に糸目をつけるつもりは毛頭ないからね。」

この邸宅は「まえがき」で述べた経緯で、「モンテークリスト」と名づけられることになる。これはもとのフランス語では「シャトー＝ド＝モンテークリスト」、すなわち、「モンテークリスト城」である。フランス語の「シャトー」には一般に「城」という訳語があてられるが、フランス語の「シャトー」は日本語の「城」よりも広い範囲をカバーし、広大な敷地に建てられた大邸宅の意味も持つ。以上のような点をお断りしたうえで、以後、このデュマの邸宅を「モンテークリスト城」と呼ぶことにする。

さて、この「モンテークリスト城」の建設にデュマは、文字どおり湯水のごとくお金をつぎこんだ。結局、四〇万フラン（五億円見当）以上、一説では、建物の内装まで含めると、六〇万フラン（七億円見当）を費やした。

『三人のデュマ』のなかで、アンドレ＝モロワが、この「城」を訪れた、デュマの同時代人レオン＝ゴズランやバルザックの印象記を引用しながら、詳細な描写を試みている。それによると、なんとも奇妙奇天烈、とんでもない豪邸なのだ。

大自然を模して、鬱蒼と木々を茂らせた、広大なイギリス式庭園には、人工の滝と泉があった。庭園の中央、木々のあいだに、本館が建っているのだが、これが「外に迫りだした石造りのバルコニー、ステンドグラスを塡めた窓、十字形の枠で仕切った窓、いくつもの小塔と風見を配し、角を削って隅取りした建物。ギリシア風建築とか、中世風建築とか、なにか特定の時代の建築様式に従ったなどという様子は微塵もない。だが、どことなくルネッサンスの香り漂う建築で、それが、この建物に格別の魅力を与えていた」（一八四八年『演劇年鑑』収載、ゴズラン「モンテ－クリスト城」）。いろんな建築様式をごちゃまぜにすることで、すべての建築様式の特徴を否定した、まったく独創的なスタイル。おまけに、二階外壁の装飾には、建物をぐるりと取り囲むように、大それたことにも、デュマ自身を筆頭に、ヴィクトル＝ユゴー、カジミール＝ドラヴィーニュなどの同時代の「天才たち」、バイロン、ゲーテ、シェイクスピア、はては、ソポクレスやホメロスにいたるまで、古今の「天才たち」の胸像を数珠つなぎに並べたのだ。それも、ジェムス＝プラディエ、オーギュスト＝プレオー、アントナン＝ミームなど当代一流の彫刻家に特注で創らせた胸像を。

建物の内装がまた、常軌を逸した豪華さだった。メインの客間は金と白色を組みあわせた、ルイ一五世時代調の装飾・家具だった。アラビア風の部屋の天井は、化粧漆喰《しっくい》に精緻なアラベスク模様を描きこみ、金と派手な色彩の文字を使って、コーランの一節が所々に散りばめられていた。一階から三階までが、いくつかの独立した居住単位に分けられ、そのそれぞれが五部屋ずつを擁していた。

「モンテ-クリスト城」別館

この本館から二〇〇メートルほどのところに、別館があった。中世の城砦の天守閣を小さくしたようなゴシック風の建物で、堀にかかった小さな橋を渡って、入るようになっていた。「一個一個にデュマの作品のタイトルが一つずつ刻まれた石で、この建物は造られている。一階全部が巨大なワン-ルームになっており、その天井は紺色の空に星を散りばめた装飾だ。（……）中世風の古めかしい櫃《ひつ》がいくつも並び、廃院になったどこかの修道院の食堂から持ってきた大きなテーブルが、どっかりと据えつけてある」（モロワ前掲書）。客たちを逃れて、デュマはここで仕事をし、この部屋から螺旋《らせん》階段を通って昇ることのできる上階の小部屋で、就寝することもあったという。

これだけデュマの趣味が徹底していると、常人ならば誰しも辟易するところだが、さすがに、デュマに劣らずエキセントリックな性格のバルザックは違った。

「『モンテ-クリスト』建設は狂気の沙汰だが、ああ！　これほど魅力的な狂気の沙汰は、いまだかつて誰もしでかしたことはないのだ！」

デュマの豪邸を目のあたりにした興奮さめやらぬ八月二日、バルザックは友人のハンスカ夫人にこんなふうに書き送った。バルザックも七月二五日の新築祝いに招かれたひとりなのだ。

前代未聞の大盤振舞い

小説『モンテ-クリスト伯爵』のなかで、パリ郊外のオトゥイユに購入した別邸を、金にあかして、数日のうちにすっかり豪邸に改築したモンテ-クリスト伯爵は、ダングラール夫妻やヴィルフォール夫妻など知人たちを食事に招いて、常識では考えられない珍味——生きたままロシアのヴォルガ河から取り寄せたチョウザメと、同じく生きたままイタリアのフサーロ湖から取り寄せたヤツメウナギ——をいっしょにメインディッシュに饗《きょう》した（第六三章）。

これまでも、デュマは事あるごとに、数百人の招待客を招いて、鉄砲を担いで自ら材料を調達し、料理の腕を振るって、大盤振舞いをしてきたが、七月二五日の新築祝いには、デュマは空前の六〇〇人を「モンテ-クリスト城」に招いた。パリ一帯でも有数のレストラン、「アンリ四世亭」からわざわざ山海の珍味を取り寄せて、たらふくご馳走した。

「モンテ-クリスト城」の本館の玄関の上に、

「私を愛する者を私は愛する」というモットーをデュマは掲げさせた。この言葉どおり、デュマは鷹揚に構えて、その後も、来る者は拒まず、去る者は追わず、を続けた。食い詰めた文学者や芸術家が入れ替わり立ち替わり「モンテ-クリスト城」にやって来ては居候した。デュマのおかかえ料理人はあるじに命じられるままに、何十人分もの料理を腕によりをかけて作った。こうした接待費が年間、数十万フラン（数億円）にのぼったと、アンドレ＝モロワはいささか大げさな数字を挙げている。

パリ、サン＝ジェルマン＝アン＝レー間の鉄道を利用して、「モンテ＝クリスト城」通いに精を出したのは、なにも、居候志願者だけではなかった。ベアトリックス＝パースン、アタラ＝ボーシェーヌ（本名はルイーズ＝ボードワン）、セレスト＝スクリヴァネックといった人気女優たちもやって来ては、デュマの夜伽をして帰っていった。こうした訪問についても、デュマは、もちろん、来る者は拒まず、去る者は追わず、の方針を貫いた。

飛ぶ鳥を落とす勢いとは、まさに、このときのデュマのためにある言葉。富も、名声も、権力も、豪邸も、女も……。だが、奢れる平氏は久しからずのたとえにもあるとおり、思えば、デュマの生涯で、このころがまさに絶頂だったのだ。早くも翌年には、デュマの人生に暗い影が差しはじめることになる。

Ⅵ　巨人の時代の終焉

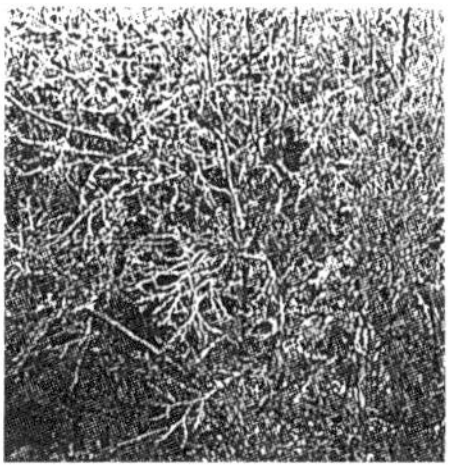

デュマの破産

「歴史劇場」の盛況

国王ルイ=フィリップの長男、オルレアン公爵は一八四二年不慮の事故で他界したが、このオルレアン公爵とはデュマは、かつての雇い主である国王ルイ=フィリップ以上に懇意にしていた。そんな国王一家との交流があって、一八四五年以降、国王の五男であるモンパンシエ公爵とも親しくなった。そして、その強力な政治的、財政的後押しで、デュマは一八四七年二月二〇日、「歴史劇場」を創設した。パリの北部、大衆演劇のメッカ、タンプル大通りの七二番地に客席一七〇〇を擁する大劇場を新たに建設し、すでに他の劇場の支配人を歴任していたイポリット=オスタンを総支配人に迎えて、デュマは芸術総監督の地位に就いた。劇場経営を円滑に進めようと、オスタンとデュマは合資会社の態勢を取った。

この「歴史劇場」のためにデュマは、自分のベストセラー小説のうちから、『王妃マルゴ』（一八四七年二月二〇日、劇場のこけら落としとして初演）、『赤い館の騎士』（一八四七年八月三日初演）、『モンテ=クリスト伯爵』（一八四八年二月三日と四日両日にわたって初演）、『三銃士』（『三銃士の青春』と題して一八四九年二月一七日初演）、『騎士アルマンタル』（一八四九年七月二六日初演）などを脚色した。また、過去の自分の戯曲を再演することもした。一八四八年九月一九日からは『アンジェー

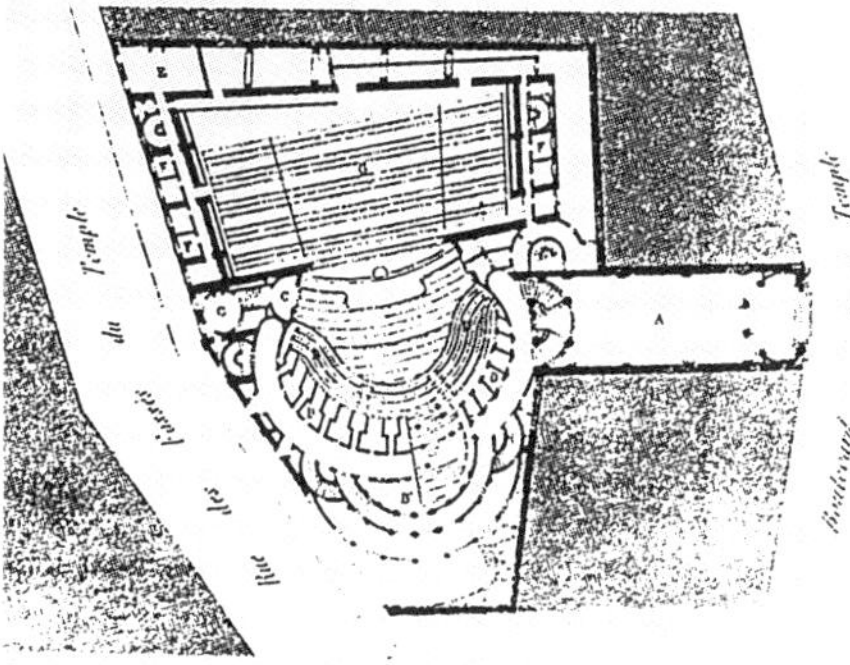

「歴史劇場」の平面図

ル』、同年一二月一七日からは『アントニー』、翌年六月二四日からは『ネールの塔』、一八五〇年一月一九日からは『アンリ三世とその宮廷』という具合だった。これ以外にも、自分と同世代のユゴーやヴィニーの戯曲の再演、さらには、シェイクスピア、シラー、ゲーテなどフランス＝ロマン派ゆかりの外国作品も上演した。

例えば、一八四八年二月三日と四日の二日間にわたって初演された『モンテ-クリスト伯爵』などは、両日とも午後六時から夜中過ぎまでかかるという、けた外れの長さであったにもかかわらず、観客が押し寄せて立錐《りっすい》の余地もなかった。息をもつかせぬ場面の展開に、観客は合計一二時間の上演時間を手に汗握りながら過ごした。なかには、それでも早く終わりすぎたとして、三日目がないことに不平を漏らした観客もいたという。

こうして、「歴史劇場」は当初は想像を絶する莫大な収益をあげた。

「『王妃マルゴ』は九三回上演され、二七五、一一〇フランの収益を、『赤い騎士の館』は一五六回上演され、三九三、〇三六フランの収益を、『モンテ-クリスト伯爵』は一二三回上演され、一四一、七五八フランの収益を、『三銃士』は九一回上演され、一七二、七九二フランの収益をあげた。これらの合計は九八二、六九六フランとなる」（クロード＝ショップ『アレクサンドル＝デュマ』）

合計額の九八二、六九六フランというのは、日本円に換算すると、およそ一二億円になる勘定だ。

泣きっ面に蜂

だが、そのあとがいけなかった。一八四八年二月二四日、世にいう「二月革命」が勃発したのだ。パリの町自体が、争乱の巷——さらに言えば、どんな劇場よりもはるかに大がかりでワクワクする、流血劇の舞台——と化したのだ。政情不安で上演もままならなかったし、なによりも、観客が寄りつかず、パリの劇場という劇場は閑古鳥が啼いた。「二月革命」のあとしばらく動乱の時代が続き、パリの演劇界は冬の時代を迎えることになった。

ところが、デュマはそんなことには頓着せず強気一点張りで、ぎゅうぎゅう詰めに上演計画を立て、どんどん上演の契約を交わしていった。個々の芝居の上演についても、舞台装置、役者の顔ぶれ等々でも、デュマはいつもの浪費癖を発揮しつづけた。ついに、一八四九年一二月、相棒の総支配人オスタンが匙を投げ、三六計逃げるにしかずを決めこんだ。革命騒ぎでオルレアン王家の人々も国外に亡命し、モンパンシエ公爵の後ろ盾もなくなった。

万事休す。借金の取り立てがデュマの頭上に雨霰と降り注いだ。借金のカタに、「モンテ＝クリスト城」があえなく差し押さえの憂き目に遭った。

これに追い打ちをかけるようなことが同じころ起こった。読者もご記憶であろうが、一八四〇年、デュマは強引に迫られて、イダ＝フェリエという女優と結婚した。イダは結婚の四か月後に、デュマを敢然と裏切って、イタリアの貴族とねんごろになり、イタリアで暮らしはじめた。イダはデュマの長ったらしい貴族名前のほうを使い、ダヴィ＝ド＝ラ＝パイユトリー侯爵夫人と名乗って、裕福なイタリア人恋人の世話になりながら、フィレンツェで優雅に暮らしていたのだから、見あげたしたたかさだった。このイダが、一八四七年ごろになると、結婚の際デュマに渡した持参金一二万フラン（一億五〇〇〇万円見当）が惜しくなった。

「いま取り返しておかないと、取り返すときがない。」

そういう気分になった。それに、ちょっと、そこまでは虫が良すぎるのではないかと、誰しも首をかしげたくなるが、

「おまけに、デュマは、生活費もびた一文、私に仕送りしてくれていないじゃないの！」と怒りがつのった。

イダは、パリ在住の弁護士を通じて、セーヌ県の民事裁判所に訴訟を起こした。一八四八年二月一〇日、判決が下りた。結果はデュマ側の全面敗訴――夫婦の財産を分割すること、夫は妻に持参金一二万フランを返済すること、年額六〇〇〇フラン（七〇〇万円見当）の計算で、結婚後の生活費を支払うこと、となった。

まったく、泣きっ面に蜂とは、このことだった。

デュマは上告したが、第二審の判決も第一審と同じで、デュマ側の全面敗訴（フランスの司法制度は、事実関係の審議については、第二審の「控訴院」で終審判決が下る。この上の「破毀院《はき》」は終審判決が、法律に違反しないかという法的適合性のみを審議する）。しかしながら、幸か不幸か、もうこの

ころには、デュマの懐には、イダに払えるような金額は残っていなかったのだ。

選挙アピール「労働者諸君に」

動乱の時代が来ると、「おれがなんとかしなければ」とすぐリーダーシップを取りたがるデュマは、一八四八年四月、憲法制定議会議員選挙に立候補した。このとき、選挙民に対して、いかなる国のいかなる選挙においても、見たことも聞いたこともない、世にもすさまじいアピールを発表した。後述するように、この選挙は、成年男子による普通選挙だったので、「労働者諸君に」という呼びかけの形を取った。

私は議員に立候補する。私に投票をお願いしたい。私の、議員たるべき資格をつぎに挙げる。

六年の教育、四年の公証人見習い、七年の事務経験は別として、私は二〇年のあいだ一日に一〇時間、すなわち、七三、〇〇〇時間働いた。この二〇年間に、私は、四〇〇巻の著書と三五編の戯曲を執筆した。

四〇〇巻の著書が一冊五フラン見当で各々およそ四〇〇〇部ずつ売れ、一一、八五三、〇〇〇フラン（一四〇億円見当）の売り上げがあった。

三五編の戯曲が各々およそ一〇〇回くらい上演され、六、三六〇、〇〇〇フラン（七六億円見当）の興行収入があった。

著書の売り上げは、植字工に二六四、〇〇〇フラン、印刷工に五二八、〇〇〇フラン、紙販売業者に六三三二、〇〇〇フラン、製本職人に一二一〇、〇〇〇フラン、出版業者に二一、四〇〇、〇〇〇フラン、（……）貸本屋に四、五八〇、〇〇〇フラン、配達業者に二八、〇〇〇フラン、（……）合計一一、八五三、〇〇〇フラン、利益をもたらした。

戯曲上演の興行収入は、劇場支配人に一、四〇〇、〇〇〇フラン、俳優に一、二五〇、〇〇〇フラン、大道具小道具に二一〇、〇〇〇フラン、衣装係に一四〇、〇〇〇フラン、（……）ポスター業者に八〇、〇〇〇フラン、清掃人に一〇、〇〇〇フラン、保険業者に六〇、〇〇〇フラン、（……）合計六、三六〇、〇〇〇フラン利益をもたらした。

日給を三フランとすると、一年におよそ三〇〇日労働するので、私の著作は、二〇年にわたって、六九二人に給料を支払わしめたことになる。

私の戯曲は、一〇年にわたって、パリで、三四七人に給料を支払わしめたことになる。パリ以外の地方での上演全体については、数字を三倍にして、一〇四一人分の給料、さらに、これに、劇場案内嬢、劇場のサクラ要員、辻馬車の御者に、七〇人分の給料を支払わしめたことになる。

以上合計一四五八人となる。

こうしてみると、私の著書と戯曲は、おしなべて二一五〇人分の労働に給与をもたらしたことになる。

なお、この計算には、ベルギーの海賊版や外国での翻訳はまったく含まれていない（ジンメルマン『大アレクサンドル＝デュマ』引用デュマ「労働者諸君に」）。

売り上げとか興行収入がすべて関係者に分配された形を取り、デュマ自身の取り分がゼロになっているなど、ずいぶん大ざっぱな計算だ。いかにもデュマらしい選挙アピールだが、「おれは偉いんだぞ」と言わんばかりの、おしつけがましさと、成金社長風のけばけばしさが鼻につき、功を奏するはずがないのは目に見えている。

デュマが立候補したセーヌ＝エ＝オワーズ選挙区では、当選ラインが七万票前後。それに対して、デュマはなんと二六一票しか取れなかった。まったく、目も当てられない敗北だ。それでも、デュマはひるむことなく六月の補欠選挙にも立候補し、三、四五八票で、前回よりはかなりましだったが、当然ながら、当選には遠くおよばなかった。この補欠選挙では、ユゴーが当選し、また、ルイ＝ナポレオン＝ボナパルトが当選して、政治の表舞台の立役者が揃った。その後もデュマは政治への野心を捨てなかったが、いかんせん、劇場経営のほうで、お尻に火がついていたのだ。

破産宣告と出国

逃亡したオスタンの後任を自ら見つけて、デュマは「歴史劇場」再建の努力を一八五〇年秋まで続けた。出演料の未払い分が溜まりに溜まった俳優たちが、ついに一〇月一六日を境に、「歴史劇場」出演を全面的に拒否するにいたった。一一月、俳優たちの何人かが、セーヌ県の商事裁判所に、「歴史劇場」の総支配人に対する破産宣告を請求した。訴えた俳優たちは、一二月六日になって、弁護士を通じ、デュマに対しても同じように破産宣告をすべきことを申請した。

一二月二〇日、商事裁判所の評決が下された。総支配人のみならず、劇場の管理運営に関する全面的な責任があるものとして、デュマにも破産が宣告された。間髪を入れず、デュマは上告した。最終審にあたるこの第二審の審理も大詰めを迎え、デュマ側が刀折れ矢尽きて、評決による運命の確定を待つばかりのときだった。一八五一年一二月二日、ルイ＝ナポレオン＝ボナパルトがクーデタを起こした。これに対して、反対運動が組織され、パリは再び流血の巷と化したのだ。

破産宣告とそれにともなう身柄拘束が評決の内容と知ったデュマは、評決の前日、一二月一〇日、パリの北駅から、隣国ベルギーの首都ブリュッセルに向けて汽車に乗った。デュマ＝フィスが同行した、失意の父親を励まし、その肩を支えるようにして……。

不撓不屈の亡命生活

デュマ＝フィスの『椿姫』　父親をブリュッセルに送り届けると、即刻デュマ＝フィスはパリに取って返した。デュマ＝フィス最初の五幕劇『椿姫』が、パリのヴォードヴィル座で稽古に入っていたのだ。それに立ちあわなければならない。

『椿姫』の幕はこの二か月後、一八五二年二月二日に開いた。大入り満員の大盛況で、デュマ＝フィスは一夜にしてパリ演劇界の第一線に躍りでた。

この五幕劇『椿姫』は、一八四八年に出版してやはり大好評を博した小説『椿姫』を脚色したものだった。自分のベストセラー小説を自分の手で戯曲に仕立てて、さらに当たりを取る。このやり方は父親とまったく同じだったが、作品の内容のほうはまるっきり異質だった。剣術の腕前、腕力、財力、知謀にたけたスーパーヒーローが、所狭しと八面六臂の活躍を繰りひろげ、「これでもか、これでもか」と意表を突いた筋を繰りだして、読者を攻めたてる。そんなデュマ流の力技とは無縁なのが、デュマ＝フィスの世界だ。どこにでもいるような、なんだか自信のなさそうな男と女の、心理の綾をじっくり描き、しっとりと染みわたるような感興を読者の胸に呼びおこす。平凡で単調だが、静かで味わい深い恋愛心理の探求。これがデュマ＝フィスの真骨頂だった。

それに、第一、父親の場合は出世作の『アントニー』にしてからが、そのものずばりの不倫の物語で、不倫を謳歌するところが多分にあったが、デュマ＝フィスのほうは過敏なまでに「一途な愛」に固執した。一八六八年「『椿姫』について」という一文をものして、「娼婦、売春婦はあわれな社会の犠牲者だ。それに引きかえ、人妻の不倫、姦通こそは許しがたい。なぜなら、それは快楽だけを追求しているからだ」と、なんだか、ものすごい気炎を吐いた。現代の視点からすれば、少々見当はずれじゃないの？　という感じもしないではないが。

デュマ＝フィス

　こういう純粋主義者が書いた『椿姫』とは、いったいどういう物語だったのだろうか？　一言で言ってしまえば、愛にめざめた娼婦が相手の男に一途な愛を捧げ尽くす話。パリでも指折りの高級娼婦マルグリットは、次から次へと大金持ちのパトロンを得て、贅沢三昧の暮らしをしていた。椿の花で身を飾ることの好きな彼女は、椿姫と呼ばれていた。そんな彼女が良家の若者アルマンと激しい恋に落ちる。パトロンの援助を断って、アルマンと生活をともにするマルグリット。だが、パトロンの援助を断ったその日から、借金の返済がどっと彼女の肩にのしかかる。彼女は家財道具も何も売りつくす。やがて、「私を捜さないで」と置き手紙をして、アルマンの前から姿を消す。再び高級娼婦の暮らしにマルグリットが戻ったのを知ったアルマンは、当てつけに、彼女の親友と関係を結ぶ。絶望したマルグリットは国外に逃げさる。旅先で結核が悪化して、マルグリットは亡くなり、彼女が残した手記を読んで、初めてアルマンは真相を知る。つまり、マルグリットはアルマンを愛しながら、アルマンの父親の説得に負け、アルマンの将来を思って泣く泣く身を引いたのだった。

『椿姫』のモデル

実はこのマルグリットにはモデルがあった。一八四四年から翌年までデュマ＝フィスと恋仲だった、パリきっての高級娼婦、通称マリ＝デュプレシス、本名アルフォンシーヌ＝プレシス（一八二四〜四七）だ。デュマ＝フィスと知りあったころから、マリはすでにときおり少量喀血していた。マリがほかの男ともつきあっていることに嫉妬したデュマ＝フィスは、自分のほうから一方的に別れの手紙を書いた。翌年、あっけなくマリがこの世を去ったことを旅先で知ったデュマ＝フィスは、慚愧《ざんき》の念に耐えず、マリの思い出をもとに『椿姫』を書いたのだった。

と言っても、以上のような話以外はフィクションであって、父親のデュマがマリに、「息子の将来のために、お願いだから、息子と別れてくれ」などと懇願したという事実はない。日頃の行状からしてデュマはそんなことを言えた義理ではなかったし、また、そんなことを言う道徳観の持ち主でもなかったことは、読者諸氏がよくご存じのはずである。

これまた読者諸氏がご存じのように、『椿姫』は原作の小説、戯曲ともに後世に残っただけでなく、イタリアの作曲家ヴェルディ（一八一三〜一九〇一）の手でオペラ『ラ＝トラヴィアータ』（一八五二）に仕立てられ、オペラとしても、いまだに不朽の名作の名をほしいままにしている。

このような、三つのジャンルにまたがる不朽の名作『椿姫』ができあがったのは、いったい何によるのだろうか？　精力絶倫、乱れに乱れた父親の性生活があったればこそというべきか？　あるいは、そんな、とんでもない父親に反発した息子の努力の賜というべきか？

いずれにしても、『椿姫』の大成功は、時代の大きな変わり目を如実に反映していた。つまり、デュマ、ユゴー、バルザックといった巨人の時代から、デュマ＝フィス、フロベール、ゴンクール兄弟などの、ふつうの人間の時代への大きな転換。

巨人の時代は、未だ教育の行き届かない無知蒙昧な民衆を、理想に燃えた「天才たち」が導く社会の図式だった。これに対して、ふつうの人間の時代は、知識人たちが人間サイズになるとともに、民衆もひとりひとりが主権者となるにふさわしい教育と判断力を備え、知識人たちと横並びになったという認識が社会を規定する。

思うに、民衆がまさに主権者として力を行使した出来事、一八四八年四月の成年男子による普通選挙の実施こそが、こうした変化の明確な分水嶺となったのだ。

破産宣告を逃げて大活躍

時代の主役の地位を息子にバトンタッチして、ブリュッセルにやってきたデュマだが、やはり腐っても鯛。さすがにかつての巨人は文無しになっても巨人だった。

破産宣告から逃げてきたとは、おくびにも出さず、「打倒、ルイ＝ナポレオン＝ボナパルト！　クーデタの暴挙は民衆に対する裏切りだ！　亡命者諸君は、わがもとに結集せよ！」などと政治亡命者のリーダーを気取るうちに、自分でも、ほんとうに政治亡命者のリーダーのような気になってきた。そこで、ほんとうのリーダーの向こうを張って、ブリュッセルに来ていた政治亡命者たちの面倒を親身になって見るようになった。ほんとうのリーダーとは誰か？　それはデュマとは二十数年来の知己、ヴィクトル＝ユゴーだったのだ。

デュマに一日遅れて一二月一二日にブリュッセルに亡命してきたユゴーだが、デュマとは雲泥の差で、筋金入りの反ボナパルト派だった。独裁政権への野望をあらわにしたルイ＝ナポレオン＝ボナパルトを、議会と、自分の発行する新聞で、すでに一年近くも前から攻撃しつづけていた。一二月二日のクーデタに際しては、すぐさま、左翼議員たちと反対運動を組織した。銃弾の雨をかいくぐりながら、街頭で労働者たちに武装蜂起を促す演説をする一方、バリケードからバリケードへと飛びまわって指揮を取った。鎮圧軍の圧倒的な攻撃により、バリケードが次々と撃破され、身辺に逮捕の危険がおよんで初めて、ユゴーはブリュッセルに逃れてきたのだった。

もっとも、デュマも、パリでユゴーが活躍しているあいだ、まるっきり手をこまねいていたわけではなかった。一二月五日午後一一時ごろ、弟子のポール＝ボカージュといっしょにユゴーの自宅にユゴー夫人を訪ねた。友だちのよしみでユゴーに忠告をしようとしたのだ。

「ユゴーにくれぐれも注意するように伝えてください。ボカージュが親しい軍人から内々にきいてきたのですが、どうやら、ルイ＝ボナパルトは、ユゴーを暗殺する計画らしいのです。なにか突発的な事故に見せかけて。」

一二月五日から亡命までの一週間、結局、ユゴーは夫人に会う機会はなかったので、このデュマの忠告はユゴーには伝わらなかったが、ブリュッセルでデュマに再会して、ユゴーはとても喜んだ。

「君にも、是非、力になってもらいたい。」

デュマはユゴーと協力して亡命者仲間を束ねることになった。デュマはとたんに元気百倍。「それには資金がいる」と、あさましくも現実的に考えた。一八五二年一月二〇日、パリで、本人不在のまま、デュマの破産が宣告された。そんなことはデュマはいっこうにお構いなしだった。亡命者たちのためにデュマがすることといったら、相も変わらず、大勢、自宅に招いて乱痴気騒ぎの大盤振舞い。そのために、けた外れに広い客間を備えた貸家を借りた。

もともと、ユゴーなどと違って、デュマは政治亡命者ではなかったので、かなり自由に国境を越えることができた。債権者たちの目を盗んでパリに戻っては、これまでのベストセラーを陸続と再版させ、さらに、新しい作品の出版契約をどんどん結んだ。ブリュッセルで、執筆に精を出し、作品を清書させたりするのに、ノエル＝パルフェという有能な亡命者を秘書に雇った。パリでは、印税や新聞の原稿料が債権者たちの手に渡らないように、直接自分

ベルギーを退去するユゴーを見送りに出たデュマ

で受けとったり、デュマ゠フィスを介したりした。

　女性関係もこれまでどおり派手に繰りひろげ、一八五二年、娘のマリ゠アレクサンドリーヌをブリュッセルに呼びよせて、自分の恋人たちのあいだを取りもたせたりもした。一八五三年初めには、債権者たちと合意が成りたち、収入の五五パーセントをデュマ本人が懐に収め、四五パーセントを債権者たちの取り分とすることになった。同年一一月には、デュマはパリで、念願の自分の新聞「ムスクテール」(「銃士」の意味) 紙を創刊した。

　債権者たちの追及がなくなって、翌一八五四年一月六日には、デュマは亡命生活に終止符を打ち、パリに帰還した。

パリへの帰還

『回想録』の連載

亡命直後の一八五一年一二月一六日から始めて、一八五三年一〇月二六日まで、デュマは断続的にパリの「プレス」紙に『私の回想録』を連載した。デュマの筆が記述する時代が現代に近づくにつれて、だんだん政府当局にとって差し障りが生じるようになり、検閲の責任者から、「プレス」紙の社長ジラルダンは、非公式にではあるが、連載中止の勧告を受けた。弱腰のジラルダンはこれを一も二もなく呑んだが、デュマは承服できなかった。そもそも、消極的であるにせよ、デュマはルイ＝ボナパルトの独裁政権には反対だったのだ。

「相手がその気なら、こっちはやれるところまで、やるだけだ。」

「ムスクテール」紙を創刊したのは、『回想録』の連載を自分の新聞で続けるという目的もあったのだ。こうして「ムスクテール」紙創刊と同時に一八五三年一一月一二日から始めて、断続的に一八五五年五月一二日までデュマは『回想録』を連載する。

単行本としては『私の回想録』と題して、第一巻から第一四巻までをパリのカドー社から一八五二年に刊行、第一五巻から第二二巻までを同じくカドー社から一八五四年に刊行。さらに、続きの八巻を『一八三〇年から一八四二年の思い出』と題して同じカドー社から、一八五四年から翌年にかけて刊行した。これと並行して、一八五二年から一八五六年にかけて、ブリュッセルのメリーヌ社からは、『アレクサンドル＝デュマ回想録』と題し、全体を二六巻にまとめて刊行した。

過去の人間としての自覚

この間、いくつか新しい作品も執筆した。とくに、ボカージュの協力を得て、フランス王政復古末期の保守勢力と自由主義勢力の対立を描いた長大な小説『パリのモヒカン族』を書きはじめた。タイトルはアメリカの作家ジェイムズ＝フェニモア＝クーパー（一七八九～一八五一）の『モヒカン族の最後の者』（一八二六）を下敷きにした。『パリのモヒカン族』は、続編の『行政官サルヴァトール』まで含めて、一八五四年五月二五日から一八五六年三月二六日まで「ムスクテール」紙に連載し、「ムスクテール」紙廃刊のあとを受けた「モンテ＝クリスト」紙に一八五七年四月二三日から一八五九年七月二八日まで連載した。単行本としては、『パリのモヒカン族』は全一九巻で一八五四年から一八五五年にかけてカドー社から出版し、『行政官サルヴァトール』は全一四巻で一八五五年から一八五九年にかけて同じカドー社から出版した。例によって戯曲に脚色し、ずっとあとになるが、一八六四年八月二〇日、ゲテ座で上演することもした。

それにしても、自分の人生を振り返る『回想録』を執筆したことといい、自分の新聞を創刊するのに、「ムスクテール」（「銃士」）紙とか、「モンテ＝クリスト」紙とか、過去の栄光を表す名前を選んだことといい、どうも、デュマ自身が、自分は過去の人間になりつつある、という自覚を持つにいたったようだ。

実際、『回想録』はある程度の読者を獲得し、「ムスクテール」紙も当初は一万人の購読者を誇っていたが、それも長続きはせず、同紙は一八五七年二月に社員に給料を払えぬままに廃刊に追いこまれ、それを引きついだ「モンテークリスト」紙（「ムスクテール」紙と違って日刊ではなく週刊）もあまりぱっとせず、三年後の一八六〇年五月に廃刊となった。一八六二年一月に「モンテークリスト」紙は息を吹き返すが、わずか一〇か月で再び廃刊となった。

Ⅶ　デュマのあとにデュマはなし

マケとの裁判

マケに訴えられて

一八五六年五月五日、デュマは何から何までお膳立てを整えて、娘のマリーアレクサンドリーヌを結婚させた。相手は、パリから南へ二〇〇キロほどのところにあるシャトールーという町の医者の息子。オランド＝ペテルという二〇歳の詩人で、「ムスクテール」紙に作品を投稿したのがきっかけで、デュマが目をかけ、マリーアレクサンドリーヌに引きあわせたのだ。目に入れても痛くない愛娘を嫁がせて、デュマは喜ばしくはあったが、どうにも寂寥を禁じえなかった。

そうこうしているうちに、一八五七年二月、かつての執筆協力者オーギュスト＝マケがデュマに対して訴訟を起こした。ギュスタヴ＝シモン著『協力関係の一部始終――アレクサンドル＝デュマとオーギュスト＝マケ』によれば、マケ側の主張は以下のとおりである。

一八四五年、『小説製造アレクサンドル＝デュマ会社』の一件で、デュマがミルクールに訴訟を起こしたとき、デュマに頼まれて、マケは『三銃士』、『モンテ－クリスト伯爵』、『王妃マルゴ』など主だった小説作品七編について著作権を放棄するデュマ宛の手紙を書いた。この手紙を書くのと引きかえに、デュマはマケに十分報酬を支払うことを口約束していた。しかしながら、この報酬に

オーギュスト＝マケ

ついても、また、その後共同執筆したあまたの作品の報酬についても、一八四八年に協定書を交わしたにもかかわらず、デュマはいっこうに約束どおりマケに支払っていない。そのうち、例の「歴史劇場」の一件が持ちあがり、デュマは破産宣告を受けたり、国外に逃亡したりして、結局、マケへの支払いはうやむやになってしまった。デュマは破産から立ち直り、どうもこのごろ、経済的に余裕が出てきたように見うけられる。この際、累積した未払い報酬を払ってもらいたい。

　未払い報酬の支払いが十全になされない場合も、一八四八年の協定書にはあえて記さなかったが、これまでずっと要求しながら、果たされなかったもう一つの点だけは、この際、実現してほしい。一八五一年一二月の戯曲『吸血鬼』を最後に、デュマとの共同執筆にピリオドが打たれ、その後、マケは自分の名前で何編か小説を出版したが、これがなかなかの評判だった。マケの側にもネーム＝バリューが出てきたことでもあるし、そろそろ、これまでデュマの名前だけで世に出していたすべての共同執筆作品に、デュマと並んでマケの名前も印刷するようにしてもよいのではないか？

　こうしたマケ側の主張に対して、ギュスタヴ＝シモンによれば、デュマ側の弁護士が巧みに議論を誘導し、もっぱら金銭の問題として片づけようとした。一八五八年二月三日に判決が下るが、共同執筆した作品のうち一八編について、印税は二五パーセントの割合でマケに支払われることになったが、著作権自体はマケにはなく、著者としてマケの名前は印刷されることはない、ということになった。この勝負、とどのつまりは、マケのまけ、というわけなのだ。

虎は死して皮を留め……

その後、一八六一年および一八六九年にも、デュマとマケは原告になったり被告になったり立場を変えながら裁判で争うことになるが、著しい事態の変化は見られない。デュマは早くも一八七〇年に死に、デュマより一一歳年下のマケは一八八六年まで生きる。結局、二人が死んで何を残したかというと、デュマは天文学的な印税収入があったにもかかわらず、少量の家具と絵画を残しただけ（全作品の著作権は生前すでに、死後一〇年までミシェル＝レヴィー社に売り渡し済みであった）。マケは印税収入をこつこつ貯めて、パリの南約五〇キロのサント＝メームに城を購入した。一五世紀に建てられ、一七世紀に建て増しされた、歴史的に由緒正しい城で、執政時代、第三執政の地位にあったシャルル＝フランソワ＝ルブランが所有し、ナポレオン＝ボナパルトを迎えるために豪華な寝室をしつらえた城だった。こうして単純に、一族に残した遺産の面だけからすると、今度は逆に、マケが勝ち、まけるが勝ちということになるのだった。

晩年のデュマ

ロシアへの大旅行

一生のあいだにずいぶん旅行し、大量に旅行記を書いたデュマだったが、それでも、ロシア旅行ほどの大旅行はまれだった。なにしろ、一八五八年六月一五日から翌年の三月一〇日まで九か月間も旅の空に過ごしたのだ。パリを出発して、ベルギーを抜け、ベルリンを通って、サンクト－ペテルブルグへ。フィンランドを見てから、モスクワへ。ボルガ河を下って、カザンからアストラハンへ。カスピ海を見て、カフカーズ山脈から、黒海に出る。黒海を横切って、コンスタンチノープルにいたり、さらに、アテネを通って、マルセイユに達する。全行程一万キロにおよぶ大旅行だった。旅行に出た二日目の六月一七日から始めて、翌年の四月二八日まで「モンテ－クリスト」紙に、つぎに、一八六一年の九月二四日から一二月六日まで「コンスチチュシヨネル」紙に、さらに、一八六二年三月二八日から六月一三日まで第二次「モンテ－クリスト」紙に『パリからアストラハンへ』と題して旅行記を連載した。

不幸な結婚生活

一八五九年三月一一日、妻のイダがジェノヴァの病院で子宮ガンで亡くなった。二〇年間連れ添ったイタリア人の恋人に看取られての最期だった。享年四七歳。

ジェノヴァに近いフランスの町ニースにいた、友人のアルフォンス＝カールがこの知らせをデュマにもたらした。カールの手紙がパリの自宅に届いたとき、デュマはシャトールーの娘の家に滞在していた。パリに戻ったデュマは、妻の死を知らせたことへのお礼が遅れたのを詫びながら、カールにつぎのように書き送った。

「お知らせいただいて、ありがとう。デュマ夫人は一年前にパリにやってきて、結婚の際の持参金を取り返していきましたよ。一二万フランでした。領収書が取っておいてあります。」

二〇年間の結婚の最後は、妻とは「領収書」だけの関係になっていたのだ。

それにしても、娘のマリーアレクサンドリーヌの結婚も幸福とはいえなかった。デュマの肝煎りで、デュマの弟子と結婚したにもかかわらず、結婚後一年ほどで夫のオランド＝ペテルは精神に異常をきたし、マリーアレクサンドリーヌに暴力をふるうようになった。たまりかねたマリーアレクサンドリーヌはデュマに相談し、一八六二年と一八六四年の二度にわたって別居請求訴訟を起こしたが、いずれも却下された。

別居請求などと遠回りをせずに、なぜ、さっさと離婚請求をしなかったのか？　デュマの場合も、イダと二〇年間別居しながら、なぜ離婚を考えなかったのか？

理由は言うまでもない。単に、当時、離婚は法律上、許されていなかったからだ。だいたい、カトリックの教義に従えば、離婚は絶対禁止。フランスでは、フランス革命のあと、個人の自由の名のもとに、一七九二年、立法議会が歴史上初めて離婚を認めた。だが、その後、一八一六年、王政復古とともに、カトリックが国教に返り咲いて、あえなく禁止となった。七月王政でカトリックは国教からはずれたが、事態は変わらず、離婚が認められるようになったのは、なんと一八八四年、第三共和政下の法改正によってだったのだ。

四〇歳も年下の愛人

別に、妻が死んで独り身になったからというわけではないが、一八五九年四月からデュマは、驚くなかれ、四〇歳も年下の、一九歳の小娘と同棲を始めた。娘は名をエミリー＝コルディエ（一八四〇～一九〇六）という。女優になりたい一心から、デュマの推挙で役をもらえないかとやってきたところを、デュマがつかまえたのだ。翌年には、イタリアまでも連れてゆき、子供を産ませているのだから、なんというか……、デュマは並の人間ではない。

ところで、イタリアくんだりまで、いったいデュマは何をしに出かけていったのか？　ほかでもない、あこがれの、戦いに、である。

豪邸建設と贅沢な饗宴にしてもそうだが、どうも、デュマには、自分の小説の主人公と自分をダブらせるところがあって、今度もまた、作中のモンテ＝クリスト伯爵をまねて、大型帆船を買いこんだ。その名も「モンテ＝クリスト号」という名の帆船を特注で造らせ、それを買い換える形で、七八トンの二本マストの本格的な帆船を購入した。もともと英国のリヴァプールで一一万フラン（一億三〇〇〇万円見当）で建造された船だったが、船主を変えるうちに安くなり、デュマはこれを一

マルセイユ港を出帆する「エンマ号」（左）

万三〇〇〇フラン（一六〇〇〇万円見当）という格安の値段で手に入れた。「エンマ号」と名づけたこの船（一八五五年以来の愛人エンマ＝マヌリーラクールの名前を採った船名）に――モンテ-クリスト伯爵が若いエデとともに航海に出たように――デュマはエミリーを連れて乗りこんだ。エミリーは粋な船員姿に男装させた。一八六〇年五月九日、マルセイユ出帆。マルセイユから北イタリアのジェノヴァに赴いた。五月三一日急遽ジェノヴァを出帆し、モンテ-クリスト島近くを通って、六月一〇日、シチリア島のパレルモに着いた。訪ねる相手は、イタリア統一運動の闘士ガリバルディ（一八〇七～八二）。

イタリア統一運動と父の仇

この前年も、デュマはイタリアに旅行して、その途中、ガリバルディと知り合いになり、意気投合していた。一八六〇年一月、再びイタリアを訪れたデュマは、ガリバルディが『回想録』を書く手助けをすることになった。ガリバルディが話して聴かせる半生をデュマが書きとり、体裁を整えて仕上げていくのだ。席の暖まる間もないガリバルディは、やがて、デュマにメモを書いて送るようになった。このメモが届いて、草稿を作っている最中だった。デュマのもとにビッグ＝ニュースが飛びこんできた。

ガリバルディが一〇〇〇人の義勇兵「千人隊」を率いてシチリア島に攻め入った。武装蜂起した島民を助けて、首都パレルモを攻略し、五月二七日、シチリア島に臨時政府を樹立したというのだ。シチリア島は長いあいだナポリ王国の支配に苦しめられていた。ナポリ王国は、フランスの正統王朝であるブルボン家の王国であった。六〇年前、一七九九年から二年間、デュマの父親トマ＝アレクサンドルが捕らえられ、毒のために使いものにならない体にさせられたのも、このナポリ王国の謀略だった。

予定を変更して、デュマが急遽パレルモに向かった訳は、以上のとおりだ。

パレルモに着くと、

「やあ、よく来てくれましたね。」

ガリバルディはデュマを大歓迎した。ガリバルディは王宮を宿舎にしていたが、自分の豪華な居室の隣を、デュマの居室に提供してくれた。

戦勝記念の祝賀会に、ガリバルディと並んで、デュマも出席した。デュマの目の前で、パレルモ市民たちが、ナポリ王国歴代の王の彫像の首を次々とはねていった。そのなかには、デュマの父親をかつて捕らえさせた、仇のナポリ王フェルディナンド四世の彫像も含まれていた。巡り巡って遅蒔きながら、デュマが父の仇を討ったといえなくもない。

パレルモには、むろん、エミリーもいっしょにやってきたのだが、この男装の跳ねっ返り娘は、デュマの権威を笠に着て身勝手の限りを尽くし、顰蹙《ひんしゅく》ばかり買っていた。その男装のエミリーが妊娠し、みんなは、ここぞとばかりに冷やかした。出産準備のためにエミリーがパリに帰ったあと、いよいよ、デュマは縦横無尽の活躍をすることになる。

シチリア島を落として、志気の上がるガリバルディ軍は、幅五キロ足らずのメッシーナ海峡を押し渡り、イタリア本土に上陸して、王国の首都ナポリをめざすことになった。ところが、武器と弾薬の不足は歴然だった。

「私がフランスに戻って、調達してきましょう。」

デュマの申し出に、ガリバルディは、

「あなたこそ、イタリアの恩人だ」と言って、デュマの肩を抱擁した。

八月四日、デュマは、マルセイユで、小銃一〇〇〇丁、カービン銃五五〇丁を仕入れると、一〇日後、シチリア島の港町メッシーナに戻って、ガリバルディ軍に引きわたした。

そのあと、「エンマ号」をナポリ湾に停泊させて、ナポリ市民に向けて声明文を立て続けに出したり、駆けつけた義勇兵の面倒を見たり、武器を配布したりした。一旦メッシーナに引いたあと、ガリバルディ軍のナポリ入城を知らされて、「エンマ号」でナポリに入った。ガリバルディから、ポンペイの遺跡など文化財の保護の要職、発掘調査博物館統括責任者の地位を与えられた。

ガリバルディがナポリに臨時政府を樹立し、一〇月一一日、デュマは、「イタリア統一のための新聞、ローマ、ヴェネツィア、ハンガリア解放の象徴」という歌い文句の「インディペンデンテ」

紙をナポリで創刊した。サルデーニャ王国軍が南イタリアへ進攻し、一〇月二一日、シチリア島とナポリで住民投票が行われた。住民の多くがサルデーニャ王国への併合を希望しているという結果が出た。ガリバルディはサルデーニャ国王に、占領したシチリア島とナポリを献上した。

子供と孫の誕生

この中途半端なガリバルディのやり方には、デュマは反対だった。「インディペンデンテ」紙で、民衆によるイタリア統一を主張して、しばらく孤軍奮闘するが、一八六一年正月、エミリーが年末に玉のような女の子を産んだことを知らされて、一月半ばにフランスに引きあげた。エミリーが産んだ女の子は、ミカエラ＝クレリー＝ジョゼファー＝エリザベートと名づけられた。デュマはこの子を認知しようとしたが、結局、果たせなかった。若い愛人との結婚はイダで懲り懲りだったデュマは、エミリーとの結婚を拒否した。その場合、デュマが娘を認知すると、娘の養育権をデュマには取られる恐れがあった。エミリーは正式にはデュマを娘の父親とは認めなかったのだ。

娘のミカエラが生まれたのは一二月二四日だったが、一一月二〇日には、デュマに初孫が生まれていた。デュマは、なんと一か月足らずのあいだに、子供と孫をほとんど同時に得ていたのだ。

デュマ＝フィスは一八五二年、戯曲『椿姫』が大当たりを取った年に、ロシア貴族の夫人と相思相愛の仲になっていた。当時二六歳の、ナジェージダというその女性は、アレクサンドル＝ナルイシキンという老公爵の妻で、すでに、オリガという娘があったが、デュマ＝フィスと関係ができると、老公爵との離婚を決意した。老公爵が頑として離婚に応じないので、娘のオリガを連れて、フランスに移住し、デュマ＝フィスと事実上の結婚生活を始めた。そして、一八六〇年、二人に女の子が生まれたのだった。

この子は、マリーアレクサンドリーヌーアンリエットと命名された。通称はコレットだった。一八六四年、老公爵が他界して初めて、晴れてデュマ＝フィスとナジェージダは結婚できた。結婚と同時に、デュマ＝フィスはコレットを認知した。暮れも押し詰まった一二月三一日に内輪だけで結婚式が行われ、この結婚式に、デュマ＝フィスの母親であるマリーカトリーヌ＝ラベーとともに、デュマが出席した。

ちょうど、このころだった。デュマ＝フィスがあいだを取りもって、老いた両親を結婚させようとした。デュマは、「そうだね、それがいいな」と承知したが、マリーカトリーヌは絶対に首を縦に振らなかった。

「もう四〇年早かったらねえ！」

こんなことがあって四年経ち、一八六八年一〇月二二日、マリーカトリーヌ＝ラベーはこの世を去った。享年七四歳。一八二三年にデュマと知りあい、翌年にデュマ＝フィスを産んで、その後、まもなく、デュマに顧みられなくなった。一八三一年、子供の養育費代わりに、デュマの出資で、書店の営業権を手に入れて、以後三六年間、ひっそりと、つつましく生きてきたのだった、ひたすら、わが子の成長だけを楽しみにして……。

デュマの最期

デュマの晩年は、これまで以上に、元気で、にぎやかだった。ファニィ＝ゴルドーサ、アダ＝メンケンなどの若くてピチピチした恋人をとっかえひっかえし、「ダルタニャン」紙を発行（一八六八年二月四日から六月三〇日まで火曜・木曜・土曜の週三回）した。父親のトマ＝アレクサンドルが監禁されていたころのナポリ王国を舞台にして、四巻の小説『ラ＝サン＝フェリーチェ』（一八六四）および八巻の小説『エンマ＝リオンナ』（一八六四〜六五）を上梓した。ナポレオン三世に働きかけて、しつこく第二の「歴史劇場」の創設を画策した。一八六九年には、『料理大事典』を執筆するために、ブルターニュの漁村で、海の幸に舌鼓を打ちながら、一夏を過ごした。

だが、デュマのように、疲れを知らない巨人にも、死神は確実に近づいてきていたのだ。一八六九年の春ごろから、手が震えるようになり、しだいに、体が衰え、体を動かすのが億劫になった。みんなと話をしている最中に、グーグー高いびきをかいて寝てしまうことが度重なるようになった。

最晩年のデュマと娘マリー
アレクサンドリーヌ

翌一八七〇年の春には、口にできたできものがなかなか直らず、口をきくにも、食べるにも、ひどい難儀をした。診断した医者の勧めで、なけなしの金をはたいて、スペインに療養にでかけた。八月に、さらに衰弱して、パリに戻った。七月、フランス軍はプロイセン軍に宣戦布告し、普仏戦争に突入していたが、九月、スダンの戦いでナポレオン三世がプロイセン軍の捕虜になった。これを受けて、パリで民衆が武装蜂起し、帝政が倒れて、共和政が樹立された。

九月、娘のマリ＝アレクサンドリーヌが、父親の病の悪化を聞いて、デュマのもとに駆けつけ、すぐに、デュマをデュマ＝フィスの家に連れていった。イギリス海峡に面した港町ディエップに近いピュイという村に、デュマ＝フィスは別荘を持ち、一家は、パリの騒乱を逃れて、ここに来ていたのだ。

数百人分の人生をひとりでまとめて生きたような、壮絶な人生のために、エネルギーを最後の一滴まで使いはたしたのか、以後、デュマの体は、日に日に衰えていった。息子の家族に見守られ、娘の献身的な看病を受けて、三か月間、闘病生活を送ったすえに、デュマは、一八七〇年一二月五日午後九時五三分、とうとう、帰らぬ人となった。六八年の、ほかに比べるもののない、波乱に満ちた生涯だった。

ユゴーの弔辞

遺骸は、一旦、ディエップにほど近いヌーヴィルの墓地に埋葬された。そして、故人の遺志に従って、プロイセン軍がフランスから引きあげ、国が解放されたあと、一八七二年四月一六日、生まれ故郷のヴィレール＝コトレの墓地に移された。

この葬列には、デュマ＝フィスとその一家、そして、マリ＝アレクサンドリーヌが従い、生前の友人たちのなかからは、「プレス」紙社長のジラルダン、かつて青年デュマをノディエとともに世

デュマの墓（右）と両親の墓
ヴィレール－コトレ

に送りだしたテロール男爵、そして、オーギュスト＝マケも参列した。
ヴィクトル＝ユゴーは一八七〇年、ナポレオン三世の政権崩壊と同時に、一九年の亡命生活に終止符を打ち、民衆の歓呼のなかをパリに凱旋していた。病弱な孫の容態がことのほか悪く、この旧友デュマの葬儀に欠席を余儀なくされたユゴーは、前日、デュマ＝フィスに弔辞を送っていた。デュマ＝フィスはそれを葬儀の席上読みあげた。

（……）今世紀において、アレクサンドル＝デュマほど人気を博した作家はまたとない。その数々の成功は成功以上のもの、まさしく勝利なのだ。高らかに勝利のファンファーレを吹奏するにふさわしいものだ。アレクサンドル＝デュマの名声はフランスに留まらず、あまねくヨーロッパに広がっている。さらに、ヨーロッパにも留まらず、あまねく世界に広がっている。その戯曲は世界じゅう至る所で上演され、その小説は世界じゅう至る所の言葉に翻訳されているのだ。

アレクサンドル＝デュマは、文明の種蒔く人と呼べる者たちの一員だ。彼は、なんとも陽気で強靭な光を放ち、人間精神を清く正しく改善する。人間の魂と頭脳と知性を豊かにする。書物を求める心を培い、人間の心を耕して、種を蒔くのだ。彼が蒔くのはフランス精神という種だ。フランス精神は人類の英知を多く含んでいるものだから、それが深く浸透する至る所で、いろいろ進歩を起こさせる。そんなことから、アレクサンドル＝デュマのような人たちが絶大な人気を博するのだ。

（……）ロマン派劇の持つもっとも悲愴なあらゆる心の動き、喜劇の持つあらゆるアイロニーとあらゆる奥深さ、小説の持つあらゆる分析の力、歴史の持つあらゆる直観の力。こうしたものが、博識で明敏な建築家デュマの手で建設された、驚くべき全作品のなかには認められるのだ。

（ユゴー『言行録――亡命以後』）

弔辞のあと、参列者の見守るなか、デュマの棺は埋葬された、父親トマ＝アレクサンドル＝デュマ＝ダヴィ＝ド＝ラ＝パイユトリーと母親マリー＝ルイーズ＝エリザベート＝ラブーレの眠る墓の隣に、ゆるゆると、静かに。

デュマ文学と「近代」

「世界の五大州でもっともよく読まれている」

ユゴーの弔辞の内容と一致する部分も多いが、一八六四年八月一〇日付ナポレオン三世宛の手紙で、デュマ自身が生前、自分の文学について、つぎのように語っている。

「一八三〇年、フランス文学の先頭には、三人の文学者がいたが、今日においてもなお、同じ三人がいる。その三人とは、ヴィクトル＝ユゴーとラマルチーヌとこの私だ。（……）私は一二〇〇巻の著作を執筆し、出版した。こうした著作の文学的価値をうんぬんするのは私の任ではない。世界じゅうの言葉に翻訳され、水蒸気に運ばれていくのと同じくらい遠くまでそれらは広まった。三人のうちで私が文学者としてもっとも劣っているにもかかわらず、世界の五大州で、もっともよく読まれているのはこの私だ。それは、おそらく、つぎのような理由によるのだろう。つまり、ユゴーは思索者であり、ラマルチーヌは夢想者であるのに対して、私は文学の普及者だからだ。」

ラマルチーヌ（一七九〇〜一八六九）は一八二〇年『瞑想詩集』を出版して、フランスにおけるロマン主義文学運動に先鞭をつけた。ユゴーは一八二七年戯曲『クロムウェル』の「序文」によって、この運動に理論的支柱を与えるとともに、一八三〇年のロマン派劇『エルナニ』の上演成功によって、以後一三年にわたる、ロマン主義文学の隆盛をもたらした。一八四八年に「二月革命」が勃発すると、ラマルチーヌはその臨時政府の総理大臣兼外務大臣として国政を掌握し、四月に普通選挙を実施したのちに政界を退いた。ユゴーは一八四五年から貴族院議員、一八四八年から一八五一年まで憲法制定議会議員、立法議会議員を歴任し、フランス議会政治の中枢にいた。そして、その後、一八五一年から、ナポレオン三世の政権に反対して亡命し、以後、一九年間フランスを留守にした。

いずれも、文学と政治の両面にわたって、フランス一九世紀の、まさに前半をリードした人物である。このふたりとともに、自分はフランス文学の代表者だとデュマは主張している。それは、とりもなおさず、デュマが一九世紀前半——近代がその草創期にあってもっとも近代らしく、近代人がもっとも近代人らしかった時代——の「知」のパラダイムを体現していると自覚していた証左なのだ。前述のように、一九世紀になって、人間が表象空間の外に、肉体と欲望を持った、世界表象の主体として立ち現れた。そういう時代の状況をデュマは全身で捉え、その作品と行動を通して、全生涯をかけて実践したのだ。

その後、日本を含めて世界の国々は、この西欧近代のシステムを採り入れて、自国をまさに「近代化」した。今日にいたるまで、アジア、アフリカ、ヨーロッパ、アメリカ、オセアニアの、世界五大州は、その「近代」のなかにいる。したがって、「世界の五大州で、もっともよく読まれているのはこの私だ」とデュマが述べたその状況は、今日まで有効性を失っていないのである。デュマが、一九、二〇の両世紀を通じて、おそらく、世界最大のベストセラー作家であるゆえんなのだ。

それこそ「世界の五大州」の隅々まで、デュマの作品は翻訳・紹介されているので、その一つ一つを取りあげて列挙するのは、紙数がいくらあっても足りるものではない。ここでは、つぎの点を指摘するにとどめよう。すでに本書で分析したとおり、デュマのナレーションの技法は、映画の技法を先取りしている。そのためもあって、翻訳やダイジェスト版といった活字媒体以外に、映像媒体によっても、デュマの作品は世界じゅうに広まっているのだ。

映像でのデュマ作品

一九六九年「ヨーロッパ」誌がまとめた「デュマ作品の映画化リスト」を参照しながら、ジャン゠ド゠ラマーズが『アレクサンドル゠デュマ』で述べるところによると、映画産業が軌道に乗ってから、この一九六九年の時点までの、ほぼ六〇年間に、デュマ作品の脚色・翻案から、なんと三〇〇もの映画作品が生まれたとのことだ。ほんの数例を同書から引けば、『三銃士』は、一九二一年にはダグラス゠フェアバンクス主演で、一九五三年にはジョージ゠マーシャル主演で映画化され、一九六九年には『ダルタニャン』というタイトルのもとに、ドミニック゠パチュレルを主演に迎えて、クロード゠バルマが六時間のテレビドラマに仕立てた。『モンテークリスト伯爵』は一九四三年には、ジャン-リシャール゠ヴィルム主演、ロベール゠ヴェルネー監督で、一九五三年にはジャン゠マレー主演で、一九六一年には、ルイ゠ジュールダン主演クロード゠オタン-ララ監督で映画化された。『ネールの塔』は一九六三年にアベル＝ガンス監督で、『王妃マルゴ』は一九六一年にアベル＝ガンス脚本、ジャン＝ドラヴィル監督、ジャンヌ＝モロー主演で映画化された（『王妃マルゴ』といえば、一九九四年制作、パトリス＝シェロー監督、イザベル＝アジャーニ主演の『王妃マルゴ』は鬼気迫る作品だ）。『赤い館の騎士』には、ルネ＝サン-シール主演のイタリア映画が、『騎士アルマンタル』には、一九六六年六月から一二月および一九七〇年九月に放送された、連続テレビドラマがある。おまけに、アンドレ＝モロワの評伝『三人のデュマ』までもがテレビドラマ化され、『アレクサンドル＝デュマの栄光と悲惨』と題して、一九六五年および一九七一年に、それぞれ二晩続きで放送されたという。このほか「ヨーロッパ」誌には、すでに日本では、さまざまなデュマの小説と戯曲から、合計二八もの映画作品が制作されているという情報までも寄せられたと、ジャン＝ド＝ラマーズはつけ加えている。

日本におけるデュマ

デュマ作品を日本で脚色した、いちばん最近のアダプテーションの一つに、NHK連続ドラマ『日本巌窟王』（脚本小野田勇、制作篠原篤彦、主演草刈正雄）がある。一九七九年一月から六月まで、毎週水曜日八時から八時五〇分の時間帯に、NHK総合テレビで放送された。舞台を完全に日本の江戸初期に移して、いわば、時代劇化したものだ。「天草の乱」鎮圧のどさくさで、友人たちの謀略に陥った旗本、葵月之介は、敵のキリシタンに内通したとして島流しに遭う。脱獄して、天草四郎時貞が残した「キリシタンの財宝」を手に入れる。

幕府への朝鮮使節団の一員に化けて江戸に乗りこみ、紆余曲折のすえに復讐を遂げるというものだ。また、同じＮＨＫによる、子供向けアニメーションの『アニメ三銃士』というのもある。これは、一九八七年一〇月から一九八九年二月まで一年半のあいだ、全五二回に分けて、総合テレビで放送され、好評を博した。

ここまで日本でポピュラーなデュマだが、そもそも、どんなふうにして明治時代に日本に移入されたのか？

最初に日本に紹介されたデュマの作品は、フランス一六世紀、宗教戦争の時代を描いた『四五人隊』であったといわれている。『四五人隊』を松岡亀雄が『仏国情話・五九節操史』と題して訳出し、明治一四（一八八一）年に山梨の温古書堂から出版した。

このあと、デュマを本格的に日本に紹介したのは、自由民権の活動家たちだった。明治一五（一八八二）年七月から三か月間ほぼ毎日「仏国革命議事日記」、そして、これと前後して九月二八日からは「英仏革命論」を彼らは自分たちの機関紙「自由新聞」に掲載したが、このことからも分かるように、このころ、彼らはフランス革命に尋常ならざる関心を抱いていた。それは、フランス革命を総括的に研究し、西欧の歴史におけるその意味を探るというのではなく、西欧のもっとも華々しい革命に自分たちの「政府転覆」の夢を託す、といった類《たぐい》のものだった。

夢を託すには、物語が必要だった。その格好の物語を、彼らはフランス革命を扱ったデュマの小説に見いだしたのだ。彼らが目をつけたのは、ルイ一五世の治世からフランス革命までを舞台として展開する四部作『ある医師の回想』だった。その第一巻『ジョゼフ＝バルサモ——ある医師の回想録』の一部を桜田百衛《さくらだももえ》が「しきしまの大和文に書き直し」（明治一五年六月二五日付「自由新聞」）、『仏国革命起源・西洋血潮小暴風《にしのうみちしおのさあらし》』と題して、明治一五（一八八二）年六月二五日から「自由新聞」に連載した。また、同じ年の八月一二日からは、今度は、宮崎夢柳《みやざきむりゅう》が四部作の第二巻『アンジュ＝ピトゥー』の一部を『仏蘭西革命記・自由乃凱歌』と題して翻訳・紹介した。さらに、自由民権運動機関紙「自由燈」紙上では、明治一七（一八八四）年五月一一日から九月二三日にかけて、同じ宮崎夢柳が『仏蘭西太平記・鮮血の花』という新しいタイトルのもとに、中断していた桜田百衛の訳業『西洋血潮小暴風』を引き継いでいる。

　自由民権のあと、デュマに日本のベストセラー作家の仲間入りをさせたのは、なんといっても、黒岩涙香《くろいわるいこう》の功績だ。自ら創刊した新聞「万朝報《よろずちょうほう》」の購読者倍増を狙って、フランスの新聞王エミール＝ド＝ジラルダンが七〇年前にひねりだしたアイディアを涙香はまねた。ご存じ、あの新聞連載小説だ。涙香の慧眼《けいがん》は、フランス新聞連載小説の傑作中の傑作『モンテ＝クリスト伯爵』をあやまたず選びだしたことにある。主人公のエドモン＝ダンテスを団友太郎、ファリア神父を法師梁谷《はりや》と登場人物の名前を日本の読者になじみの名前に変えて、平易で生き生きした訳文を心がけた。『史外史伝・巌窟王《がんくつおう》』と、これまた、当時の読者にとっては魅力的なこの上ない題をつけて、明治三四（一九〇一）年三月一八日から翌三五年六月一四日まで「万朝報」に連載した。これが爆発的な人気を博し、さらに、単行本として出版されて、明治・大正・昭和を通じての一大ベストセラーかつロングセラーとなったのだ。涙香の『巌窟王』が道を拓いて、主として、今日まで、この『モンテ―クリスト伯爵』と、それに『三銃士』が、大量に翻訳・刊行されて、実に幅広い読者を日本で獲得しているわけである。

このように、日本を含めて「世界の五大州」をデュマは席巻した感があるが、デュマはいったい何において「近代」というものを実現し、「世界の五大州」に示したのだろうか?

歴史の創造

一九世紀フランスを代表する歴史家ミシュレがデュマ本人に言ったという。

「あなたは、歴史家全員が束になって教えたよりも、多くの歴史を民衆に教えた。」（デュマ『謎の医者』一八七二）

さらに、評伝『三人のデュマ』のなかで、アンドレ＝モロワは言っている。

「世界じゅうの人々は、それに、フランス人もだが、デュマの作品を読むことで、フランスの歴史を学んだ。」

デュマがデュマの世界観によってまとめ直し再構築したフランスの歴史、つまり、デュマのフランス史が、フランス史として、フランスで流通し、世界で流通してきた、というのだ。

いうまでもなく、歴史とは、無限の時間的・空間的広がりのなかで、無数の人間が引きおこした無数の過去の出来事から、記述者（個人あるいは集団）が有限の出来事を選びだし、関係づけて組み立てたものだ。何を選びだし、どのように関係づけ、どのように組み立てるか？　それは、まったく、記述者の存念、すなわち、世界観しだいなのだ。

個人主義の時代になり、個々の人間が「全体」から切り離され、個の単なるアモルファスな集合体としての「国」が、そのアイデンティティーを自らに明らかにする必要が生じた一九世紀西欧、つまり、「近代」になって初めて、「国」の歴史が必要となった。一九世紀西欧は、歴史製造の世紀ともいえるのだ。古代においては神話が、共同体の現在のあらゆる事象を説明する「物語」の集積であったように、「近代」以降の歴史は「国」あるいは、「国」を中心とする「世界」の現在を説明する「大きな物語」となる。非現実・超現実の物語たる神話を信じなくなった近代人は、替わって、現実の出来事の構築物たる歴史を信ずるようになった。こうして、事あるごとに、近代人は、歴史に学べと、一つ憶えに繰りかえすことになったのだ。

フランス六〇〇年の歴史を

フランス史創造の遠大な計画は、デュマはすでに三〇歳にして抱いていたという。一八三一年一二月一五日から翌年の一二月一五日まで、まるまる一年間、当時一流の雑誌「両世界評論」誌にデュマは『シャルル四世治世下の歴史情景』を連載したが、この連載について『私の回想録』でつぎのように述べている。

私が「両世界評論」誌に連載した『シャルル四世治世下の歴史情景』は、「両世界評論」誌において、もっとも評判の高い連載の一つとなった。

この成功を見て、私は、シャルル四世の治世から現代にいたるまでを、一連の小説に仕立てようと決心したのだ。

私がしたいと望むことは、いつでも、最初は、途方もないもの、私がこれぞと思いつくことは、いつでも、遂行不可能なことばかりだ。ただ、私は、半ば負けず嫌いから、半ば、どうしたらいいか方法を探るのが無性に好きだから、遂行不可能なことをやり遂げるのだ。しかし、いったい、どのようにしてやり遂げたのか? なんとか読者に説明を試みるつもりだが、なんといっても、この私自身にしてからが、よく分かっていないのだ。誰にも負けず長時間仕事をし、仕事以外はすべて生活から切り捨てて、睡眠時間も削る。そんなふうにして、とでも言っておこう。

この大望が頭のなかで一度形を取ってしまうと、もはや、実行あるのみ、と私は突き進んだのだ。

「シャルル四世の治世から現代にいたるまでを、一連の小説に仕立てる」とデュマは文中で言い、本書でもその一端を見たように、デュマはそれをものの見事に実行した。

シャルル四世の治世とは一四世紀前半だ。一四世紀から一九世紀まで、なんと六〇〇年のフランスの歴史を、デュマは隙間なく頭のなかで創造したことになる。そして、それを、前出のデュマの引用文によれば、「一二〇〇巻」(デュマは版が異なると重複して数えたりしているので、実際は六〇〇巻くらい）の著作にまとめたのだ。

このように、個人が世界表象の主体として、世界をまるごと頭のなかに構築する。それが「近代」の基本原理であり、この基本原理が人間によってもっとも忠実に実行に移されたのが、一九世紀前半なのだ。すでに触れたように、バルザックは『人間喜劇』のタイトルで総称される約一〇〇編の小説群のなかで、総計二四〇〇人の登場人物を配し、社会のあらゆる職種の営みと社会機構を再現した。ユゴーは叙事詩集『諸世紀の伝説』を書いて、アダムとエヴァの「失楽園」から二〇世紀の展望にいたる「人類の歩み」を、聖書、神話、民間伝承、歴史を総合しつつ再構築しただけでなく、小説・詩・戯曲のあらゆるジャンルを網羅する膨大な作品群によって、宇宙と万物と人類の営みを包括する神話世界を創出した。こうした世界創造をフランス史において、ユゴー、バルザックに負けず劣らず、大がかりに実現したもの。それが、デュマ文学の、前人未到の到達点といえるのだ。

あとがき

アレクサンドル＝デュマといえば、『巌窟王』と『三銃士』。なるほど、よく売れ、よく読まれてはいるが――あるいは、よく売れ、よく読まれているからこそ――所詮は、万人向けのサブ－リテラチュア。汲めども尽きぬ味わいと深みのある（もっと言えば、批評家や文学研究者がいろいろ問題をほじくり出して蘊蓄《うんちく》を傾けられる）「高尚な」リテラチュアとは、月とすっぽんだ。読むのは確かに楽しいけれど、それから先がねえ……。

こんなふうに言っていれば、いままで、誰しも心安らかでいられたのだが、昨今、なにやら、「知」の屋台骨とか、文化の土台とかが揺らいでしまって、デュマ、イコール、大衆小説家と決めつけられなくなった。何が「純文学」で、何が「大衆文学」だか、何がメイン－カルチャーで、何がサブ－カルチャーだか、分からなくなってしまった、または、分けられなくなってしまったというのが、もう暗黙の了解事項となっているこのごろなのだ。

本書は、デュマ、イコール、大衆小説家という、単純明快な言説から、はみだす部分を取り出し、寄せ集め、吟味し、それらになんらかの新しい秩序と統一を与えることをめざした。いくら「知」の屋台骨と、文化の土台が揺らいだといっても、カオスあるいはアナーキーに還元されてよいはず、はないからだ。

キーワードとして選んだのは、「近代」および「近代人」。この言葉が規定する「知」のパラダイムを基礎として、デュマの人と作品と思想を、時代と社会との動的な関係において捉えることを主眼とした。方法論からいえば、本書は広い意味でのソシオクリチック的な研究ということになるだろう。二一世紀の、いずれの日にか、新しい時代のなかで、まったく新しいデュマ像が結ばれようが、本書が、そのささやかな先駆けの一つとなれば、著者たちとしてこれにすぐる喜びはない。

広く一般読者を対象とした出版については、当然のことだが、学問的に高度な内容をもりこみながらも、読者が退屈することなく読み進める配慮をする必要がある。伝記的な記述のところは会話体を多く用いてできるかぎりヴィヴィッドにし、思想・社会状況・作品分析など退屈になりがちな部分と、伝記的な部分を交互に織りまぜることで、読者の興味がつながるように心がけた。本書はいわゆる分担執筆によって成ったものではなく、稲垣が執筆した原稿を辻がチェックする作業を全編にわたって行うことで形をなしたのである。本書で使用した引用文は、特記した場合を除いて、すべて稲垣訳による。

当然ながら、通貨フランの一九世紀当時の価値を現代に換算するのは、至難のわざである。生活様式、生活水準、階級間の格差が当時と現代とではまったく違うからである。当時の生活物資の値段を参考にするのか、当時の労働者の賃金を参考にするのかで著しく異なる。本書ではより現実的と思われる、生活物資の値段を参考にする方法を取ったが（賃金を参考にした場合、括弧内に示した日本円換算額を三、四倍にする必要がある)、いずれにしても、だいたいの目安を示したにすぎないことをお断りしておく。

最後になったが、スペイン語の表記については長南実氏に、ロシア語の表記については原卓也氏に、ドイツ語の表記については原田武雄、渡辺健の両氏に、イタリア語の表記については長神悟氏にご教示いただいた。ここに記して深甚な謝意を表したい。また、本書の完成を暖かく見守ってくださった清水書院の清水幸雄氏、細部にまで気を配って本書の作成にあたってくださった編集部の徳永隆氏に心から感謝申しあげるしだいである。

一九九五年八月二五日

著　者

アレクサンドル＝デュマ年譜

（六〇〇冊近いデュマの作品については、本書で言及したものに限った）

西暦	年齢	年譜	参考事項
一七六二		デュマの父トマ‐アレクサンドル＝デュマ‐ダヴィ＝ド＝ラ＝パイユトリー、サン‐ドマング島に生まれる。父親はフランス人貴族アレクサンドル‐アントワーヌ‐ダヴィ＝ド＝ラ＝パイユトリー、母親は黒人女性マリ＝デュマ。	
七六		アレクサンドル‐アントワーヌ、トマ‐アレクサンドルを認知、フランスに呼び寄せて、同居。	アメリカ、独立宣言。
八六		6月、トマ‐アレクサンドル、一兵卒として軍隊に志願・入隊。その二週間後に、アレクサンドル‐アントワーヌ死去。	
八九			7月、フランス革命、勃発。
九二		11月、革命軍軽騎兵中隊長に昇進していたトマ‐アレクサンドル、パリ北東の町ヴィレール‐コトレの有力者の娘マリ‐ルイーズ‐エリザベート＝ラブーレと結婚。	9月、共和政宣言。第一共和政成立（～一八〇四）。
九八		トマ‐アレクサンドル、将軍としてエジプト遠征に参加。めざましい軍功。	ナポレオンの率いるフランス軍、エジプトに遠征。
九九		3月、ナポレオンとの不和から、帰国の決意。帰途、イタリアで敵の捕虜となる。	11月、ナポレオン、ブリュメール一八日のクーデタで、総裁政府を倒す。執政政府の第一執政として政権掌握。

一八〇一		4月、約二年間投獄されたあと、解放。この間、食物に入れられた砒素系の毒のために、著しく健康を損ねる。軍務を解かれ、ヴィレール-コトレで静養。	7月、ナポレオン、教皇ピウス七世と政教協約を締結。
〇二		7・24、アレクサンドル=デュマ、ヴィレール-コトレで誕生。	8月、ナポレオン、終身執政となる。
〇四	2		3月、ナポレオン法典発布。5月、ナポレオン、皇帝となる。
〇五	3		アウスターリッツの戦いで仏軍勝利。イタリアを支配。
〇六	4	2・26、病弱のため軍務復帰もかなわぬまま、失意のうちに父トマ-アレクサンドル死去（享年44歳）。	イエーナ、アウエルシュテットの戦いで仏軍勝利。プロイセン全土を征服。
〇七	5	トマ-アレクサンドルの未亡人に対する終身年金下付の請願をナポレオンが却下。デュマ母子の困窮が続く。	
一〇	8		この頃、ナポレオン、ほぼ全ヨーロッパ大陸を支配下におく。
一三	11	この頃、デュマ、グレゴワール神父のもとでラテン語と古典文学を学ぶ。勉強嫌いで成績は悪いが、読書好き。	ライプツィヒの戦いでナポレオン軍、連合軍に敗北。
一四	12	この頃、狩猟に熱中し、射撃の腕前をあげる。	連合軍、パリ占領。ナポレオン退位。エルバ島に流され、

一八一五	13	この頃、ヴォルテール、ピゴー＝ルブランなど玉石混淆の乱読。	第一次王政復古。ナポレオン、パリに帰還し、「百日天下」。ワーテルローの戦いで敗れ、セントヘレナ島に流される。王政復古。
一七	15	この頃から、公証人メネソンのもとで見習い。	
一八	16		ノディエ『ジャン＝スボガール』
一九	17	この頃、デュシスの翻案による『ハムレット』に感動。演劇を志す。	
二〇	18		3月、ラマルチーヌ『瞑想詩集』を出版。ロマン派文学運動の先駆けとなる。6月、ノディエほか『吸血鬼』初演。
二一	19		5・5、ナポレオン、セントヘレナ島で死去。
二三	21	4月、パリに出る。知人の紹介で、達筆を見込まれて、オルレアン公爵家の秘書室に就職。人気作家シャルル＝ノディエの知遇を得る。8月から、アパートの隣人マリー＝カトリーヌ＝ロール＝ラベー（後のデュマ＝フィスの母親）と恋愛、やがて同棲。	ユゴー『アイスランドのハン』一八二〇年代、ウォルター＝スコットの歴史小説がブームとなる。

一八二四	22	2月、母親をパリに呼び寄せ、愛人ラベーとは別居。 7・27、アレクサンドル＝デュマ（デュマ＝フィス）誕生（一八三一年になって認知）。	アルスナル図書館長ノディエ、セナークルを開き、芸術家を集める。ロマン派文学運動に貢献。
二五	23	9月、友人のルーヴァンとルソーとの合作ヴォードヴィル『狩猟と恋愛』アンビギュ＝コミック座で初演。	
二六	24		ヴィニー『サン＝マール』
二七	25	9月から、人妻メラニー＝ヴァルドールと恋愛（～一八三一年ころ）。	ユゴー『クロムウェル』の「序文」により、ロマン派文学運動の綱領を示す。
二八	26	4月、五幕韻文劇『クリスチーヌ』、コメディ＝フランセーズ上演作品審査委員会で受理。上演は頓挫。	
二九	27	2・10、五幕散文劇『アンリ三世とその宮廷』初演。大成功を収め、劇作家としての名声を得る。	メリメ『シャルル九世年代記』
三〇	28	3・30、『クリスチーヌ』オデオン座で初演。 6月から、女優ベル＝クレルサメールと恋愛。 7月、革命軍のために、国王軍の弾薬庫に乗りこみ、大量の弾薬を接収。	2月、ロマン派の統帥ユゴーの革新的な韻文劇『エルナニ』の上演成功。これにより、以後一三年間、ロマン派の劇壇支配が続く。 7月、七月革命勃発。オルレアン公ルイ＝フィリップ、王位に即く。七月王政。

一八三一	29	1・10、ロマン派劇『ナポレオン=ボナパルト』オデオン座で初演。 3・5、ベル=クレルサメールとの間に娘マリ-アレクサンドリーヌ誕生。母親の要求ですぐに認知。 5・3、五幕散文劇『アントニー』ポルト-サン-マルタン劇場で初演。大成功。	バルザック『あら皮』 ユゴー『ノートル-ダム=ド=パリ』 11月、リヨンで、絹織工の大規模な暴動。軍が鎮圧。
三二	30	2月から、女優イダ=フェリエと恋愛。 5・29、ロマン派劇『ネールの塔』ポルト-サン-マルタン劇場で初演。 7・21〜10・20、ベル=クレサメールとスイス旅行。	6月、共和派のラマルク将軍の葬儀に際し、パリで暴動。 サンド『アンディアナ』
三三	31	12・28、ロマン派劇『アンジェール』ポルト-サン-マルタン劇場で初演。	6月、初等教育に関するギゾー法公布。
三五	33	5・12〜12・25、イダ=フェリエと地中海、イタリア旅行。この間、8月、ナポリで、旧知のハンガリー人歌手カロリーヌ=ウンゲールと逢引。	7月、国王暗殺未遂事件。
三六	34	8・31、五幕喜劇『キーン』ヴァリエテ座で初演。	エミール=ド=ジラルダン、「プレス」紙を創刊。新聞連載小説を始める。各紙も倣う。
三八	36	この頃から、実業家ジャック=ドマンジュへの多額の借金の返済に、印税・興行収益等を充てる(〜一八四五年ころ)。 5・30〜6・23、小説『ポール船長』「シエークル」紙に連載(同年、デュモン社から出版)。	上記の小説連載で、「シエークル」紙、購読者を一万人増

		8月、母マリールイーズ死去（享年69歳）。 8・8～10・2、イダ＝フェリエとベルギー、ライン河流域旅行。 ネルヴァルの紹介で、オーギュスト＝マケの知遇を得て、共同執筆を始める。	やす。
一八三九	37	4・2、喜劇『ベリール嬢』コメディー＝フランセーズで初演。大成功。 4・10、ロマン派劇『錬金術師』ルネッサンス座で初演。	11月、サント＝ブーヴ、「両世界評論」で、営利本位の新聞連載小説を痛烈に批判。
四〇	38	2・5、イダ＝フェリエ（本名マルグリット＝フェラン）と結婚。デュマ＝フィス、イダに反感。 6・7～翌年3月、イダとフィレンツェに滞在。 7・26～9・27、小説『武術師範』「パリ」誌に連載（同年～翌年、デュモン社から出版）。 8・13～12・25、『ライン河流域紀行』「シエークル」誌に連載（一八四五年、デュモン社から出版）。 12・13～翌年4・18、『フィレンツェでの一年』「パリ」誌に連載（一八四一年、デュモン社から出版）。	3月から数か月間、パリで大規模なストライキ。 12月、ナポレオンの遺骸、セント＝ヘレナ島から帰国。壮麗な式典によってアンヴァリッドに改葬。
四一	39	ユゴーの選出に刺激されて、アカデミー入りの推薦を得るため、キャンペーンを展開。結局、一生選出されず。 6・1、喜劇『ルイ一五世時代の結婚』コメディー＝フランセーズで初演。 6・28～翌年1・14、小説『騎士アルマンタル』「シエ	ユゴー、アカデミー＝フランセーズ会員に選出。

一八四二	40	ークル」紙に連載（一八四二年、デュモン社から出版）。6・27～7・1、ナポレオン一世の甥ジョゼフ=シャルル=ボナパルトとエルバ島へクルージング。途中でモンテ=クリスト島を知る。	6・19～翌年10・15、ウジェーヌ=シューの小説『パリの秘密』「デバ」紙に連載。7・13、王位継承者オルレアン公爵、事故死。
四三	41		3月、ユゴー『城主』上演失敗。ロマン派劇没落。
四四	42	3・14～7・14、『三銃士』「シエークル」紙に連載（同年、ボードリ社から出版）。空前の人気を博し、新聞連載小説の第一人者となる。8・28～翌年1・15、『モンテ=クリスト伯爵』「デバ」紙に連載（一八四四～四六年、ペチヨン社から出版）。空前の人気。この印税でパリ郊外に土地購入。12・25～翌年4・5、『王妃マルゴ』「プレス」紙に連載（一八四五年、ガルニエ社から出版）。	8～9月、フランス、モロッコと戦争。
四五	43	1・21～8・2、『二〇年後』「シエークル」紙に連載（同年、ボードリ社から出版）。3月、ミルクールを告訴し、一五日の禁固刑を含む判決を得て、勝訴。5・21～翌年1・20、『赤い館の騎士』「デモクラシー=パシフィック」紙に連載（同年、カドー社から出版）。	2月、ウジェーヌ=ド=ミルクール、中傷本『小説製造アレクサンドル=デュマ会社』出版。4月、ユゴー貴族院議員となる。

		8・27～翌年2・12、『モンソローの奥方』「コンスチチュシヨネル」紙に連載（一八四六年、ペチヨン社から出版）。 10・27、五幕劇『三銃士』アンビギュ＝コミック座で初演。	メリメ『カルメン』 ワーグナー『タンホイザー』
一八四六	44	6・2～9・6、『ジョゼフ＝バルサモ』「プレス」紙に連載。	農作物の全国的凶作。経済不況（～一八四七）。
四七	45	2・20、客席一七〇〇を擁する「歴史劇場」を創設。こけら落としに、五幕劇『王妃マルゴ』初演。 5・13～10・20、『四五人隊』「コンスチチュシヨネル」紙に連載（同年～翌年、カドー社から出版）。 7・25、パリ郊外に豪邸「モンテ＝クリスト」完成し、六〇〇人を招いて新築祝い。 8・3、五幕劇『赤い館の騎士』「歴史劇場」で初演。 9・3～翌年1・22、『ジョゼフ＝バルサモ』の続編「プレス」紙に連載（一八四六～四八年、カドー社から出版）。 10・20～五〇年1・12、『ブラジュロンヌ子爵』「シエークル」紙に連載（一八四八～五〇年、ミシェル＝レヴィ兄弟社から出版）。	7月、全国各地で改革宴会を開催。 9月、ギゾー、首相に就任。 11月、イギリスの経済恐慌、フランスに波及。
四八	46	2・3、4、二晩通しで、上演時間一二時間の五幕劇『モンテ＝クリスト伯爵』「歴史劇場」で初演。 4月、憲法制定議会選挙に立候補。前代未聞の選挙民へのアピールを発表。選挙で惨敗。 6月、憲法制定議会補欠選挙に立候補。落選。	2・24、二月革命、勃発。 2・25、第二共和政成立。 4月、成年男子普通選挙による憲法制定議会選挙。 6月、補欠選挙で、ユゴーとルイ＝ナポレオン当選。

			12月、選挙で圧勝し、ルイ-ナポレオン、大統領に就任。デュマ=フィス『椿姫』
一八四九	47	「歴史劇場」の経営、悪化の一途をたどる。2・23〜翌年1・27、『王妃の首飾り』「プレス」紙に連載（同年〜翌年、カドー社から出版）。3月、豪邸「モンテ-クリスト」、競売で建築費の一〇分の一以下で売られる。12月、「歴史劇場」総支配人オスタン、デュマを見捨てて辞任。	11月、ルイ-ナポレオン、超議会内閣を組織。
五〇	48	8月、ユゴーとともにバルザックの葬儀に参列。ルイ-フィリップの葬儀に参列すべく、イギリス旅行。12月、デュマ破産の商事裁判所評決。即刻、上告。12・17〜翌年6・26、『アンジュ=ピトゥー』「プレス」紙に連載（一八五三年、カドー社から出版）。	8月、バルザック死去。先の国王ルイ-フィリップ、亡命先のロンドンで死去。
五一	49	12・5、友人ユゴー宅を訪ねて、夫人にルイ-ナポレオンがユゴー暗殺計画を持っているらしいことを知らせ、注意を促す。12・10、破産宣告と身柄拘束の評決が確定する前日、これを察知して、ベルギーへ亡命。12・16〜五三年10・26、『回想録』「プレス」紙に断続的に連載（一八五二年、カドー社から出版）。	12・2、ルイ-ナポレオン、クーデタをおこす。ユゴー左翼議員とともに反対運動を組織。12・11、ユゴー逮捕の危険が迫り、ベルギーに亡命。

一八五二	50	1・20、パリで、本人不在のまま、デュマの破産宣告。亡命者たちのリーダーを気取り、大盤振舞いの日々をすごす。	2・2、デュマ＝フィスの五幕劇『椿姫』初演。12月、ルイ＝ナポレオン、皇帝となる。第二帝政始まる。
五三	51	収入の55%を本人が、45%を債権者たちが取る合意が、債権者たちとの間で成立。11月、「ムスクテール（銃士）」紙創刊。11・12〜五五年5・12、『回想録』「ムスクテール」紙に断続的に連載（一八五四〜五五年、カドー社などから出版）。	ヴェルディ、オペラ『ラ＝トラヴィアータ』初演。7月、セーヌ県知事オスマン、パリの改造に着手。11月、クリミア戦争勃発（〜五六）。
五四	52	1・6、亡命生活に終止符を打ち、パリに帰還。5・25〜五六年3・26、『パリのモヒカン族』「ムスクテール」紙に連載（一八五四〜五五年、カドー社から出版）。	3月、フランス、ロシアに宣戦。クリミア戦争に参戦。
五六	54	5月、愛娘マリー＝アレクサンドリーヌを詩人オランド＝ペテルに嫁がせる。	2〜3月、クリミア戦争の講和会議、パリで開催。
五七	55	2月、「ムスクテール」紙廃刊。マケに未払い報酬請求の訴訟をおこされる。4月、「モンテ＝クリスト」紙創刊。4・23〜五九年7・28、『パリのモヒカン族』および続編『行政官サルヴァトール』「モンテ＝クリスト」紙に連載（一八五五〜五九年、カドー社から出版）。	フロベール『ボヴァリー夫人』 ボードレール『悪の華』初版 1月にフローベル、7月にボードレールが風俗紊乱のかどで訴追される。
五八	56	2月、著作権はマケになく、一八作品についてのみ印税の	

		25%の報酬をマケに支払う旨の判決。 6・15～翌年3・10、ロシア旅行。 6・17～翌年4・28、『パリからアストラハンへ』「モンテ-クリスト」紙に連載。	
一八五九	57	3・11、妻イダ、ジェノヴァで死去（享年47歳）。 4月から、40歳下のエミリー＝コルディエと同棲。	
六〇	58	5月、「モンテ-クリスト」紙廃刊。 5・9、購入した帆船「エンマ号」で、エミリーとイタリアへ出帆。 6・10、シチリア島パレルモに、イタリア統一運動の闘士ガリバルディを訪ねる。 8・4、ガリバルディ軍のために、マルセイユで武器を大量に調達。以後も、同軍に協力。 10・11、イタリア統一のための新聞「インディペンデンテ」紙をナポリで創刊。 11・20、デュマ＝フィスの長女で初孫のマリ-アレクサンドリーヌ-アンリエット誕生。 12・24、エミリーにミカエラ-クレリー-ジョゼファ-エリザベート誕生。エミリーの拒否のため、認知できず。	5・27、ガリバルディ、ナポリ王国の支配からシチリア島を解放。臨時政府樹立。 10・2、ガリバルディ、ナポリに臨時政府樹立。 10・26、住民投票の結果を受けて、ガリバルディ、サルデーニャ国王に征服地を献上。
六一	59	1月、パリに帰還。 9・24～12・6、『パリからアストラハンへ』「コンスチチュシヨネル」紙に連載。	4月、アメリカ、南北戦争勃発（～六五）。

一八六二	60	1月、「モンテ-クリスト」紙再刊。 3・28～6・13、『パリからアストラハンへ』「モンテ-クリスト」紙に連載。 5月、娘マリ-アレクサンドリーヌが、精神異常による夫の暴力に耐えかねておこしていた別居請求訴訟に、請求却下の判決。	3～6月、パリとブリュッセルでユゴー『レ・ミゼラブル』出版。
六三	61	10月、「モンテ-クリスト」紙廃刊。 7月から、スペイン人歌手ファニィ=ゴルドーサと恋愛（～六五）。	9月、リンカーン大統領、奴隷解放宣言。 ルナン『イエス伝』 マネ『草上の昼食』
六四	62	12・15～六五年3・3、『ラ=サン-フェリーチェ』および『エンマ=リオンナ』「プレス」紙に連載（前者は一八六四年、ルグラン-クルーゼ社から出版、後者は一八六四～六五年、ミシェル=レヴィ社から出版）。 8・20、五幕劇『パリのモヒカン族』ゲテ座で初演。 11月、娘マリ-アレクサンドリーヌの別居請求に再度却下の判決。 12・31、一八五三年以来の愛人、ロシア貴族の妻ナジェージダ（アンリエットの母）と、その夫の死を待って、デュマ=フィス結婚。デュマ=フィスの母マリ-カトリーヌとともに、結婚式に出席。	8月、国際赤十字社発足。 10月、ロンドンで第一インターナショナル結成（～七六）。
六七	65	1月から、アメリカ生まれの女優アダ=メンケンと恋愛（～一八六八）。	マルクス『資本論』第一巻 10月、パリ万国博覧会開催。

一八六八	66	2・4〜6・30、「ダルタニャン」紙を週三回発行。	
六九	67	10・22、マリー＝カトリーヌ死去（享年74歳）。 4月頃から、しだいに衰弱。 7〜9月、『料理大事典』執筆のため、ブルターニュの漁村に滞在。	フロベール『感情教育』 ボードレール『パリの憂鬱』
七〇	68	3月、医者の勧めで、スペインに療養に行く。 8月、金を使い果たし、衰弱してパリに帰還。 9月、娘のマリー＝アレクサンドリーヌ、デュマを、港町ディエップ近くの、デュマ＝フィスの別荘に連れていく。 12・5、午後9時53分、子供たちに看取られて永眠（享年68歳）。	7月、普仏戦争勃発（〜七一）。 9月、ナポレオン三世、スダンの戦いでプロイセン軍の捕虜となる。パリで民衆が武装蜂起。第二帝政崩壊。第三共和政成立。プロイセン軍、パリ包囲。
七一		12・8、遺体は、ディエップにほど近いヌーヴィルの墓地に仮埋葬。	1月、プロイセンを中心として連邦国家「ドイツ帝国」成立。ドイツ軍パリ砲撃。 2月、対独仮講和条約締結。 3・1、ドイツ軍、パリ入城。 3・28〜5・28、パリ＝コミューン。
七二		4・16、遺志に従い、フランス解放を待って、デュマの遺体、ヴィレール＝コトレの墓地に移される。	

参考文献

（日本語の文献は入手可能なもの、図書館などで閲覧可能なものを選んだ）

●作品のおもな邦訳

『鉄仮面』（『ブラジュロンヌ子爵』の後半部分）（角川文庫）石川登志夫訳――角川書店　一九六八
『赤い館の騎士』（角川文庫）鈴木豊訳――角川書店　一九七三
『モンテ・クリスト伯』全七冊（岩波文庫）山内義雄訳――岩波書店　一九五六～五七
『三銃士』全二冊（岩波文庫）生島遼一訳――岩波書店　一九七〇
『三銃士』全二冊（角川文庫）竹村猛訳――角川書店　一九六二～六三
『ダルタニャン物語』全九冊　鈴木力衛訳――講談社　一九六八～六九
『王妃の首飾り』全二冊（創元推理文庫）大久保和郎訳――東京創元社　一九七三
『黒いチューリップ』（創元推理文庫）宗左近訳――東京創元社　一九七一
『モンテ＝クリスト伯』全三冊　松下和則・松下彩子訳――集英社　一九八〇
『王妃マルゴ』　鹿島茂編訳――文藝春秋　一九九四

●伝記・研究書など

『パリの王様――大アレクサンドル・デュマ物語』ガイ＝エンドア著　河盛好蔵訳　東京創元社　一九六〇
『アレクサンドル・デュマ』アンドレ＝モーロワ著　菊池映二訳――筑摩書房　一九七一
『パリの王様たち――ユゴー・デュマ・バルザック　三大文豪大物くらべ』鹿島茂著　文藝春秋　一九九五

〔フランス語原書参考文献〕

（*Les Grands romans d'A.Dumas* 以外は本書執筆のために参照したものに限定した）

●デュマの作品

Œuvres d'Alexandre Dumas, Notice de Gilbert Sigaux, Club de l'Honnête Homme, 1978, 8 vol.
Les Grands romans d'Alexandre Dumas, Robert Laffont(Collection Bouquins), 1990-96, 10 vol.
Joseph Balsamo, 1991.
Le Collier de la reine, Ange Pitou, 1991.
La Comtesse de Charny, Le Chevalier de Maison-Rouge, 1991.
Les Trois Mousquetaires, Vingt ans après, 1991.
Le Vicomte de Bragelonne, 1991, 2 vol.
La Reine Margot, La Dame de Monsoreau, 1992.
Les Quarante-Cinq, 1992.
Le Comte de Monte-Cristo, 1993.
La Sanfelice, Emma Liona, à paraître en 1996.
Les Trois Mousquetaires, Vingt ans après, éd. présentée et annotée par Gilbert Sigaux, Gallimard (Bibliothèque de la Pléiade), 1962.
Le Comte de Monte-Cristo, éd. présentée et annotée par Gilbert Sigaux, Gallimard (Bibliothèque de la Pléiade), 1981.
Antony, drame en cinq actes, La Table Ronde, 1994.
Le Comte de Monte-Cristo, Librairie Générale Française(Livre de Poche), 1995, 2 vol.
Kean, adaptation de Jean-Paul Sartre, Gallimard, 1954.
Mes Mémoires, Robert Laffont(Collection Bouquins), 1989, 2 vol.
La Reine Margot, GF-Flammarion, 1994.
Les Trois Mousquetaires, Gallimard(Folio), 1962.
Les Trois Mousquetaires, Garnier(Classique Garnier), 1956.

●その他の作品

Bournon-Malarme(Charlotte, Comtesse de), *Miralba, chef de brigands*, 3e éd., Lecointe et Durey, 1821, 2 vol.

Chateaubriand (François-René de), *Mémoires d'outre-tombe* (1ère éd.: 1849-50), Gallimard (Bibliothèque de la Pléiade), 1951, 2 vol.

Courtilz de Sandras (Gatien), *Mémoires de d'Artagnan, capitaine-lieutenant des grands Mousquetaires*, texte révisé et présenté par Gérard Gailly (texte original : 1700), Mercure de France, 1941.

Cuisin(P.), *Les Fantômes nocturnes, ou les Terreurs des coupables (...)*, Veuve Lepetit, 1821, 2 vol.

Ducray-Duminil (François-Guillaume), *Cœlina, ou l'Enfant du mystère*, Le Prieur, 1799, 6 tomes en 3 vol.

Hapdé(Jean-Baptiste-Augustin), *Des grands et des petits théâtres de la capitale*, Le Normant, 1816.

Nardouet(Madame la comtesse de), *Barbarinski, ou les Brigands du château de Wissegrade*, Pigoreau, 1818.

Nodier(Charles), *Le Vampire, mélodrame en trois actes, avec un prologue par MM.xxx (...)*; représenté au Théâtre de la Porte-Saint-Martin le 13 juin 1820; Barba, 1820.

Pixerécourt(René-Charles Guilbert de), *Le Belvéder, ou la Vallée de l'Etna, mélodrame en trois actes (...);* représenté pour la première fois, à Paris, sur le Théâtre de l'Ambigu-comique, le 10 décembre 1818; Barba, 1818.

Pixerécourt, *Cœlina, ou l'Enfant du mystère, drame en trois actes;* représenté pour la première fois, à Paris, sur le Théâtre de l'Ambigu-comique, le 15 fructidor an VIII; Paris, se vend au Théâtre, et se trouve au Palais du Tribunat, 1803.

Pixerécourt, *Les Mines de Pologne, mélodrame en trois actes (...);* représenté pour la première fois, à

Paris, sur le Théâtre de l'Ambigu-comique, le 13 floréal an XI; Barba, 1803.

Pixerécourt, *Théâtre choisi,* éd. de Nancy, 1841-43.

Scribe (Eugène), *Le Vampire, comédie-vaudeville en un acte (...);* représenté pour la première fois, sur le Théâtre du Vaudeville, le 15 juin 1820; Guilbert, 1820.

●デュマに関する伝記・研究書など

Alméras(Henri d'), *Les Trois Mousquetaires de Dumas père,* Société Française d'Editions Littéraires et Techniques, 1929.

L'*Arc* numéro 71 : *Alexandre Dumas,* 1978.

Biet(Christian), Brighelli(Jean-Paul), Rispail(Jean-Luc), *Alexandre Dumas ou les aventures d'un romancier,* Gallimard, 1986.

Bouvier-Ajam(Maurice), *Alexandre Dumas ou cent ans après,* Editeurs Français Réunis, 1973.

Charpentier(John), *Alexandre Dumas,* Tallandier, 1947.

Clouard(Henri), *Alexandre Dumas,* Albin Michel, 1955.

Collet(Annie), *Alexandre Dumas et Naples,* Slatkine, 1994.

Constantin-Weyer(Maurice), *L'Aventure vécue de Dumas père,* éd. du Milieu du Monde, 1944.

Gaillard(Robert), *Alexandre Dumas,* Calmann-Lévy, 1953.

Guérin(Michel), *Les Quatre Mousquetaires : essai sur la trilogie de Dumas,* Ed. du Rocher, 1995.

Hamel(Réginald), Méthé(Pierrette), *Dictionnaire Dumas,* Montréal, Guérin, 1990.

Henry(Gilles), *Le Secret de Monte-Cristo ou les aventures des ancêtres d'Alexandre Dumas,* éd. Ch. Corlet, 1982.

Henry(Gilles), *Alexandre Dumas en Normandie,* éd. Ch. Corlet,, 1993.

Jan(Isabelle), *Alexandre Dumas romancier*, Editions ouvrières, 1973.
Lamaze(Jean de), *Alexandre Dumas,*, éd. P. Charron, 1972.
Lucas-Dubreton(J.), *La Vie d'Alexandre Dumas*, Gallimard, 1928.
Maurois (André), *Les Trois Dumas* (1ère éd. : 1957), Laffont (Collection Bouquins), 1993.
Mirecourt (Eugène de), *Alexandre Dumas*, G. Havard, 1856.
Schopp(Claude), *Alexandre Dumas : le génie de la vie*, Mazarine, 1985.
Schopp(Claude), *Lettres d'Alexandre Dumas à Mélanie Waldor*, Presses Universitaires de France, 1982.
Simon(Gustave), *Histoire d'une collaboration : Alexandre Dumas et Auguste Maquet*, Ed. Georges Crès, 1919.
Thoorens(Léon), *La Vie passionnée d'Alexandre Dumas*, L'Inter, 1955.
Treich(Léon), *L'Esprit d'Alexandre Dumas : propos, anecdotes et variétés recueillis par Léon Treich*, Gallimard, 1926.
Zimmermann(Daniel), *Alexandre Dumas le grand : biographie*, Julliard, 1993.

●その他の研究書など

Albert(Maurice), *Les Théâtres des Boulevards 1789-1848*, Société Française d'Imprimerie et de Librairie, 1902.
Bertaud (Jean–Paul), *La Révolution française*, Larousse, 1976.
Bertier de Sauvigny(Guillaume de), *La Restauration*, Flammarion, 1955.
Dictionnaire des Œuvres littéraires de langue française, Bordas, 1994, 4 vol.
Eco(Unberto), *De Superman au surhomme*(traduit de l'italien par Myriem Bouzaher), Grasset, 1993.

Foucault(Michel), *Les Mots et les choses : une archéologie des sciences humaines*, Gallimard, 1966.

Gros(Johannès), *Alexandre Dumas [fils] et Marie Duplessis*, Conard, 1923.

Killen(Alice M.), *Le Roman terrifiant ou roman noir de Walpole à Anne Radcliffe et son influence sur la littérature française jusqu'en 1840* (1ère éd. : 1924), 2e éd., Champion, 1967.

Lévy(Maurice), *Le Roman "gothique" anglais 1764-1824*, Toulouse, Association des Publications de la Faculté des Lettres et Sciences Humaines, 1968.

Lyons(Martyn), *Le Triomphe du livre : une histoire sociologique de la lecture dans la France du XIXe siècle*(traduit de l'anglais), Promodis, 1987.

Mauss(Marcel), *Sociologie et anthropologie*, Presses Universitaires de France, 1973.

Maxwell King(Helen), "Les Doctrines littéraires de *La Quotidienne* 1814-1830", In : *Smith College Studies in Modern Languages*, vol.I, Nos 1.2.3.4, oct. 1919-july 1920.

Milner(Max), *Le Romantisme I : 1820-1843*, Arthaud, 1973.

Pichois(Claude), *Le Romantisme II : 1843-1869*, Arthaud, 1979.

Saunders(Edith), *La Dame aux camélias et les Dumas* (traduit de l'anglais par Lola Tranec), Corrêa, 1954.

Thomasseau(Jean-Marie), *Le Mélodrame sur les scènes parisiennes de "Cœlina" (1800) à "L'Auberge des Adrets" (1823)*, Lille, Service de Reproduction des Thèses de l' Université, 1974.

Virély(André), *René-Charles Guilbert de Pixerécourt*, Rahier, 1909.

Wild(Nicole), *Dictionnaire des théâtres parisiens au XIXe siècle*, Aux Amateurs de Livres, 1989.

さくいん

【人　名】 ＊は作中人物

【地 名】

【事　項】

【デュマの著作・出版物】

【その他の作品・出版物】

アレクサンドル＝デュマ■人と思想139　　定価はカバーに表示

1996年6月28日　第1刷発行©
2016年3月25日　新装版第1刷発行©

・著　者　……………………辻《つじ》　昶《とおる》／稲垣《いながき》　直樹《なおき》
・発行者　……………………………………渡部　哲治
・印刷所　……………………………広研印刷株式会社
・発行所　…………………………株式会社　清水書院

〒102-0072　東京都千代田区飯田橋3-11-6
Tel・03(5213)7151～7
振替口座・00130-3-5283
http://www.shimizushoin.co.jp

検印省略
落丁本・乱丁本は
おとりかえします。

本書の無断複写は著作権法上での例外を除き禁じられています。複写される場合は，そのつど事前に，㈳出版者著作権管理機構（電話 03-3513-6969，FAX03-3513-6979，e-mail:info@jcopy.or.jp）の許諾を得てください。

CenturyBooks

Printed in Japan
ISBN978-4-389-42139-7

CenturyBooks

清水書院の〝センチュリーブックス〟発刊のことば

近年の科学技術の発達は、まことに目覚ましいものがあります。月世界への旅行も、近い将来のこととして、夢ではなくなりました。しかし、一方、人間性は疎外され、文化も、商品化されようとしていることも、否定できません。

いま、人間性の回復をはかり、先人の遺した偉大な文化を継承して、高貴な精神の城を守り、明日への創造に資することは、今世紀に生きる私たちの、重大な責務であると信じます。

私たちがここに、「センチュリーブックス」を刊行いたしますのは、人間形成期にある学生・生徒の諸君、職場にある若い世代に精神の糧を提供し、この責任の一端を果たしたいためであります。

ここに読者諸氏の豊かな人間性を讃えつつご愛読を願います。

一九六七年

SHIMIZU SHOIN